Herta Müller
Der Mensch ist ein großer Fasan auf der Welt
Rotbuch 314

HERTA MÜLLER

DER MENSCH IST EIN GROSSER FASAN AUF DER WELT

EINE ERZÄHLUNG

Die Lidspalte zwischen Ost und West zeigt das Augenweiß.
Die Pupille ist nicht zu sehen.
INGEBORG BACHMANN

ROTBUCH VERLAG BERLIN

Herta Müller ist 1953 in Nitzkydorf (Kreis Timis) in Rumänien geboren. Deutsch ist ihre Muttersprache. Sie studierte von 1973–1976 Germanistik und Romanistik an der Universität der Stadt Temeswar, wo sie auch heute lebt. 1984 erschien ihr erstes Buch *Niederungen* (Rotbuch 285). ASPEKTE Literaturpreis 1984. Förderpreis des Bremer Literaturpreises 1985. Rauriser Literaturpreis 1985. Ebenfalls 1984 erschien in Rumänien die Kurzprosasammlung *Drückender Tango*.

1. Auflage 1986

Umschlaggestaltung Walter Hellmann
unter Verwendung einer Zeichnung
von Albrecht Dürer
Satz aus der Walbaum Antiqua und
Druck von Poeschel & Schulz-Schomburgk, Eschwege
Printed in Germany.
ISBN 3 88022 314 9

DIE TIEFE STELLE

Um das Kriegerdenkmal stehn Rosen. Sie sind ein Gestrüpp. So verwachsen, daß sie das Gras ersticken. Sie blühn weiß, klein zusammengerollt wie Papier. Sie rascheln. Es dämmert. Bald ist es Tag.

Windisch zählt jeden Morgen, wenn er ganz allein über die Straße in die Mühle fährt, den Tag. Vor dem Kriegerdenkmal zählt er die Jahre. Am ersten Pappelbaum dahinter, wo das Fahrrad immer in dieselbe tiefe Stelle fährt, zählt er die Tage. Und abends, wenn Windisch die Mühle zusperrt, zählt er die Jahre und Tage noch einmal.

Von weitem sieht er die kleinen weißen Rosen, das Kriegerdenkmal und den Pappelbaum. Und wenn Nebel ist, ist das Weiße der Rosen und das Weiße des Steins beim Fahren dicht vor ihm. Windisch fährt hindurch. Windisch hat ein feuchtes Gesicht und fährt, bis er dort ist. Zweimal hat das Rosengestrüpp kahle Dornen gehabt und das Unkraut darunter war rostig. Zweimal war die Pappel so kahl, daß ihr Holz fast zerbrochen wär. Zweimal war Schnee auf den Wegen.

Windisch zählt zwei Jahre vor dem Kriegerdenkmal und zweihunderteinundzwanzig Tage in der tiefen Stelle vor der Pappel.

Jeden Tag, wenn Windisch von der tiefen Stelle gerüttelt wird, denkt er: »Das Ende ist da.« Seit Windisch auswandern will, sieht er überall im Dorf das Ende. Und die stehende Zeit, für die, die bleiben wollen. Und daß der Nachtwächter dableibt, sieht Windisch, über das Ende hinaus.

Und nachdem Windisch zweihunderteinundzwanzig Tage gezählt und die tiefe Stelle ihn gerüttelt hat, steigt er zum ersten Mal ab. Er lehnt das Fahrrad an den Pappelbaum. Seine Schritte sind laut. Aus dem Kirchgarten flattern wilde Tauben. Sie sind grau wie das Licht. Nur der Lärm macht sie anders.

Windisch schlägt das Kreuz. Die Türklinke ist naß. Sie klebt an Windischs Hand. Die Kirchentür ist zugesperrt. Der heilige Antonius steht hinter der Wand. Er trägt eine weiße Lilie und ein braunes Buch. Er ist eingeschlossen.

Windisch friert. Er schaut die Straße runter. Wo sie aufhört, schlagen die Gräser ins Dorf. Am Ende dort geht ein Mann. Der Mann ist ein schwarzer Faden, der in die Pflanzen geht. Das schlagende Gras hebt ihn über die Erde.

DER ERDFROSCH

Die Mühle ist stumm. Stumm sind die Wände, und stumm ist das Dach. Und die Räder sind stumm. Windisch hat auf den Schalter gedrückt und das Licht ausgelöscht. Zwischen den Rädern ist es Nacht. Die dunkle Luft hat den Mehlstaub, die Fliegen, die Säcke geschluckt.

Der Nachtwächter sitzt auf der Mühlenbank. Er schläft. Sein Mund steht offen. Unter der Bank leuchten die Augen seines Hundes.

Windisch trägt den Sack mit den Händen und mit den Knien. Er lehnt ihn an die Mühlenwand.

Der Hund schaut und gähnt. Seine weißen Zähne sind ein Biß.

Der Schlüssel dreht sich im Schlüsselloch der Mühlentür. Das Schloß knackt zwischen Windischs Fingern. Windisch zählt. Windisch hört seine Schläfen klopfen und denkt: »Mein Kopf ist eine Uhr.« Er steckt die Schlüssel in die Tasche. Der Hund bellt. »Ich werde sie aufziehn, bis die Feder reißt«, sagt Windisch laut.

Der Nachtwächter drückt sich den Hut in die Stirn. Er öffnet die Augen und gähnt. »Soldat auf der Wacht«, sagt er.

Windisch geht zum Mühlenteich. Am Ufer steht ein Strohschober. Er ist im Wasserbild des Teichs ein dunkler Fleck. Der Fleck geht in die Tiefe wie ein Trichter. Windisch zieht sein Fahrrad aus dem Stroh.

»Es ist eine Ratte im Stroh«, sagt der Nachtwächter. Windisch pflückt die Strohhalme vom Sitz. Er wirft die Halme ins Wasser. »Ich hab sie gesehn«, sagt er, »sie hat sich ins Wasser gestürzt.« Die Halme schwimmen wie Haar. Kleine Wirbel drehen sie. Der dunkle Trichter schwimmt. Windisch schaut in sein fahrendes Bild.

Der Nachtwächter tritt dem Hund in den Bauch. Der Hund jault. Windisch schaut in den Trichter und hört das Jaulen unterm Wasser. »Die Nächte sind lang«, sagt der Nachtwächter. Windisch geht einen Schritt zurück. Vom Ufer weg. Er sieht das uferabgewandte, stehende Bild des Strohschobers. Es ist ruhig. Es hat mit dem Trichter nichts zu tun. Es ist hell. Heller als die Nacht.

Die Zeitung raschelt. Der Nachtwächter sagt: »Mein Magen ist leer.« Er packt Speck und Brot aus. Das Messer blinkt in seiner Hand. Er kaut. Er kratzt sich mit der Messerschneide am Handgelenk.

Windisch schiebt das Fahrrad neben sich her. Er schaut in den Mond. Leise und kauend sagt der Nachtwächter: »Der Mensch ist ein großer Fasan auf der Welt.« Windisch hebt den Sack und legt ihn aufs Fahrrad. »Der Mensch ist stark«, sagt er, »stärker als das Vieh.«

Die Zeitung hat eine fliegende Ecke. Der Wind zerrt wie eine Hand. Der Nachtwächter legt das Messer auf die Bank. »Ich hab ein bißchen geschlafen«, sagt er. Windisch ist über das Fahrrad gebeugt. Er hebt den Kopf. »Und ich hab dich geweckt«, sagt er. »Nicht du«, sagt der Nachtwächter, »meine Frau hat mich geweckt.« Er wischt sich die Brotkrümel vom Rock. »Ich hab's gewußt«, sagt er, »daß ich nicht schlafen kann. Der Mond ist groß. Ich hab vom trockenen Frosch geträumt. Ich war todmüd. Und ich konnte nicht schlafen gehn. Im Bett hat der Erdfrosch gelegen. Ich hab mit meiner Frau geredet. Der Erdfrosch hat mit den Augen meiner Frau geschaut. Er hat den Zopf meiner Frau gehabt. Er hat ihr Nachthemd angehabt, und es war bis zum Bauch hinaufgerutscht. Ich hab gesagt, deck dich zu, deine Schenkel sind welk. Ich hab es zu meiner Frau gesagt. Der Erdfrosch hat sich das Nachthemd über die Schenkel gezogen. Ich hab mich neben das Bett auf den Stuhl gesetzt. Der Erdfrosch hat gelächelt mit dem Mund meiner Frau. Der Stuhl quietscht, hat er gesagt. Der Stuhl hat nicht gequietscht. Der Erdfrosch hat sich den Zopf meiner Frau auf die Schulter gelegt. Er war so lang wie das Nachthemd war. Ich hab gesagt: Dein Haar ist gewachsen. Der Erdfrosch hat den

Kopf gehoben und geschrien: Du bist besoffen, gleich fällst du vom Stuhl.«

Der Mond hat einen roten Wolkenfleck. Windisch lehnt an der Mühlenwand. »Dumm ist der Mensch«, sagt der Nachtwächter, »und immer bereit, zu verzeihn.« Der Hund frißt eine Speckschwarte. »Ich hab ihr alles verziehn«, sagt der Nachtwächter. »Ich hab ihr den Bäcker verziehn. Die Behandlung in der Stadt hab ich ihr verziehn.« Er streicht mit der Fingerspitze über die Messerschneide: »Das ganze Dorf hat mich ausgelacht.« Windisch seufzt. »Ich konnte ihr nicht mehr in die Augen sehn«, sagt der Nachtwächter: »Das eine nur, daß sie so rasch gestorben ist, als hätte sie niemanden gehabt. Das hab ich ihr nicht verziehn.«

»Weiß Gott«, sagt Windisch, »wozu gibt es sie, die Frauen.« Der Nachtwächter zuckt die Schultern: »Nicht für uns«, sagt er. »Nicht für mich, nicht für dich. Ich weiß nicht, für wen.« Der Nachtwächter streichelt den Hund. »Und die Töchter«, sagt Windisch, »weiß Gott, auch die werden Fraun.«

Auf dem Fahrrad steht ein Schatten, und ein Schatten steht im Gras. »Meine Tochter«, sagt Windisch, er wiegt den Satz im Kopf, »meine Amalie ist auch nicht mehr Jungfrau.« Der Nachtwächter schaut in den roten Wolkenfleck. »Meine Tochter hat Waden wie Melonen«, sagt Windisch. »Wie du sagst, ich kann ihr nicht mehr in die Augen sehn. Sie hat einen Schatten in den Augen.« Der Hund dreht den Kopf. »Die Augen lügen«, sagt der Nachtwächter, »die Waden lügen nicht.« Er stellt die Schuhe auseinander. »Schau deiner Tochter zu, wie sie geht«, sagt er. »Wenn sie die Schuhspitzen beim Gehen seitlich auf die Erde stellt, dann ist's passiert.«

Der Nachtwächter dreht seinen Hut in der Hand. Der Hund liegt und schaut. Windisch schweigt. »Es fällt Tau. Das Mehl wird feucht«, sagt der Nachtwächter, »der Bürgermeister wird sich ärgern.«

Über den Teich flattert ein Vogel. Langsam und gerade wie an einer Schnur entlang. Dicht überm Wasser. Als ob's Erde wär. Windisch schaut ihm nach. »Wie eine Katze«, sagt er. »Eine Eule«, sagt der Nachtwächter. Er legt die Hand auf den Mund. »Bei der alten Kroner brennt seit drei Nächten das Licht.« Windisch schiebt das Fahrrad. »Sie kann nicht sterben«, sagt er, »die Eule setzt sich auf kein Dach.«

Windisch geht durchs Gras und schaut in den Mond. »Ich sag dir, Windisch«, ruft der Nachtwächter, »die Frauen betrügen.«

DIE NADEL

Im Haus des Tischlers brennt noch das Licht. Windisch bleibt stehen. Die Fensterscheibe glänzt. Sie spiegelt die Straße. Sie spiegelt die Bäume. Das Bild dringt durch den Vorhang. Durch die fallenden Blumensträuße aus Spitzen ins Zimmer hinein. Neben dem Kachelofen lehnt ein Sargdeckel an der Wand. Er wartet auf den Tod der alten Kroner. Auf den Deckel ist ihr Name geschrieben. Das Zimmer ist trotz der Möbel wie leer, weil es so hell ist.

Der Tischler sitzt auf dem Stuhl mit dem Rücken zum Tisch. Seine Frau steht vor ihm. Sie hat ein gestreiftes Nachthemd an. Sie hält eine Nadel in der Hand. An der Nadel hängt ein grauer Faden. Der Tischler hält der Frau den ausgestreckten Zeigefinger hin. Die Frau sticht ihm mit der Nadelspitze einen Holzspan aus dem Fleisch. Der Zeigefinger blutet. Der Tischler zieht den Finger zurück. Die Frau läßt die Nadel fallen. Sie schlägt die Augen nieder und lacht. Der Tischler greift ihr mit der Hand unters Nachthemd. Das Hemd rutscht hinauf. Die Streifen winden sich. Der Tischler greift seiner Frau mit dem blutenden Finger an die Brüste. Die Brüste sind groß. Sie zittern. Der graue Faden hängt am Stuhlbein. Die Nadel schaukelt mit der Spitze nach unten.

Neben dem Sargdeckel steht das Bett. Das Kissen ist aus Damast. Es sind Tupfen drauf gestreut, große und kleine. Das Bett ist offen. Das Bettuch ist weiß, und die Decke ist weiß.

Die Eule fliegt am Fenster vorbei. So lang wie ein Flügel fliegt sie im Glas. Sie zuckt im Flug. Das Licht fällt schief, und die Eule verdoppelt sich.

Die Frau geht gebückt vor dem Tisch hin und her. Der Tischler greift ihr zwischen die Beine. Die Frau sieht die hängende Nadel. Sie greift nach ihr. Der Faden wiegt sich. Die Frau läßt ihre Hand an sich heruntergleiten. Sie schließt die Augen. Sie öffnet den Mund. Der Tischler zieht sie am Handgelenk ins Bett. Er wirft die Hose auf den Stuhl. Die Unterhose steckt wie ein weißer Lappen in den Hosenbeinen. Die Frau stellt die Schenkel und biegt die Knie. Ihr Bauch ist aus Teig. Ihre Beine stehen wie ein weißer Fensterrahmen auf dem Bettuch.

Über dem Bett hängt ein Bild in einem schwarzen Rahmen. Die Mutter des Tischlers lehnt mit dem Kopftuch am Hutrand ihres Mannes. Das Glas hat einen Fleck. Der Fleck ist auf ihrem Kinn. Sie lächelt aus dem Bild. Nahverstorben lächelt sie. In ein knappes Jahr. Sie lächelt in ein Wand an Wand liegendes Zimmer.

Am Brunnen dreht sich das Rad, weil der Mond groß ist und Wasser trinkt. Weil der Wind in den Speichen hängt. Der Sack ist feucht. Er hängt wie ein Schlafender über dem hinteren Rad. »Wie ein Toter«, denkt Windisch, »hängt der Sack hinter mir.«

Windisch spürt an seinem Schenkel sein steifes, störrisches Glied.

»Die Mutter des Tischlers«, denkt Windisch, »ist abgekühlt.«

DIE WEISSE DAHLIE

Die Mutter des Tischlers hatte in der Augusthitze mit dem Eimer eine große Melone in den Brunnen gesenkt. Der Brunnen schlug Wellen um den Eimer. Das Wasser gluckste um die grüne Schale. Das Wasser kühlte die Melone.

Die Mutter des Tischlers war mit dem großen Messer in den Garten gegangen. Der Gartenweg war eine Rinne. Der Salat war hochgeschossen. Seine Blätter waren verklebt von der weißen Milch, die in den Stielen wächst. Die Mutter des Tischlers hatte das Messer durch die Rinne getragen. Wo der Zaun beginnt und der Garten zu Ende ist, blühte eine weiße Dahlie. Die Dahlie reichte ihr bis zur Schulter. Die Mutter des Tischlers roch an der Dahlie. Sie roch sehr lange an den weißen Blättern. Sie atmete die Dahlie ein. Sie rieb ihre Stirn und schaute in den Hof.

Die Mutter des Tischlers hatte die weiße Dahlie mit dem großen Messer geschnitten.

»Die Melone war bloß ein Vorwand«, sagte der Tischler nach dem Begräbnis. »Die Dahlie ist ihr Verhängnis gewesen.« Und die Nachbarin des Tischlers sagte: »Die Dahlie war ein Gesicht.«

»Weil es so trocken war in diesem Sommer«, sagte die Frau des Tischlers, »war die Dahlie voll mit weißen, eingerollten Blättern. Sie blühte so groß, wie eine Dahlie gar nicht blühen kann. Und weil kein Wind in diesem Sommer war, ist sie nicht abgefallen. Die Dahlie hatte sich längst ausgehaucht, doch sie konnte nicht verblühn.«

»Das hält man nicht aus«, sagte der Tischler, »das hält niemand aus.«

Niemand weiß, was die Mutter des Tischlers mit der abgeschnittenen Dahlie tat. Sie brachte die Dahlie nicht ins Haus. Sie stellte sie nicht ins Zimmer. Die Dahlie lag auch nicht im Garten.

»Sie ist aus dem Garten gekommen. Sie hat das große Messer in der Hand gehabt«, sagte der Tischler. »In ihren Augen war etwas von der Dahlie gewesen. Ihr Augenweiß war trocken.«

»Es kann sein«, sagte der Tischler, »daß sie auf die Melone gewartet und die Dahlie zerpflückt hat. Sie hat sie in der Hand zerpflückt. Kein Blatt war verstreut auf der Erde. Als ob der Garten ein Zimmer wär.«

»Ich glaub«, sagte der Tischler, »sie hat mit dem großen Messer ein Loch in die Erde gescharrt. Sie hat die Dahlie begraben.«

Die Mutter des Tischlers hatte am späten Nachmittag den Eimer aus dem Brunnen gezogen. Sie trug die Melone auf den Küchentisch. Sie stach mit der Messerspitze in die grüne Schale. Sie drehte den Arm mit dem großen Messer im Kreis und schnitt die Melone in der Mitte durch. Die Melone krachte. Es war ein Röcheln. Die Melone hatte im Brunnen, hatte auf dem Küchentisch, bis ihre beiden Hälften auseinanderfielen, noch gelebt.

Die Mutter des Tischlers hatte die Augen aufgerissen. Weil ihre Augen so trocken wie die Dahlie waren, wurden sie nicht groß. Der Saft tropfte von der Messerschneide. Ihre Augen schauten klein und gehässig auf das rote Fleisch. Die schwarzen Kerne waren wie die Zähne eines Kamms übereinander gewachsen.

Die Mutter des Tischlers hatte die Melone nicht in Scheiben geschnitten. Sie stellte die Melonenhälften vor sich. Mit der Messerspitze bohrte sie das rote Fleisch heraus. »Sie hat die süchtigsten Augen gehabt, die ich je gesehen hab«, sagte der Tischler.

Das rote Wasser hatte über den Küchentisch getropft. Tropfte ihr aus den Mundwinkeln. Tropfte ihr an den Ellbogen herunter. Das rote Wasser der Melone klebte auf dem Fußboden.

»So weiß und so kalt waren die Zähne meiner Mutter nie«, sagte der Tischler. »Sie hat gegessen und gesagt: Schau nicht so, schau mir nicht in den

Mund.« Sie spuckte die schwarzen Kerne auf den Tisch.

»Ich hab weggeschaut. Ich bin nicht aus der Küche hinausgegangen. Ich hab Angst gehabt vor der Melone«, sagte der Tischler. »Ich hab zum Fenster hinaus auf die Straße geschaut. Es ist ein fremder Mann vorbeigegangen. Er ist rasch gegangen und hat mit sich geredet. Ich hab hinter mir gehört, wie meine Mutter mit dem Messer bohrt. Wie sie kaut. Und wie sie schluckt. Mutter, hab ich gesagt und sie nicht angeschaut, hör auf zu essen.«

Die Mutter des Tischlers hatte die Hand gehoben. »Sie hat geschrien, und ich hab sie angeschaut, weil sie so laut geschrien hat«, sagte der Tischler. »Sie hat mit dem Messer gedroht. Das ist kein Sommer, und du bist kein Mensch, hat sie geschrien. Mich drückt es in der Stirn. Mich brennt es im Gedärm. Das ist ein Sommer, der aus allen Jahren Feuer wirft. Nur die Melone kühlt mich ab.«

DIE NÄHMASCHINE

Das Pflaster ist holprig und schmal. Die Eule schreit hinter den Bäumen. Sie sucht sich ein Dach. Die Häuser stehn weiß und geronnen im Kalk.

Windisch spürt unterm Nabel sein störrisches Glied. Der Wind klopft ans Holz. Er näht. Der Wind näht einen Sack in die Erde.

Windisch hört die Stimme seiner Frau. Sie sagt: »Unmensch.« Jeden Abend sagt sie »Unmensch«, wenn Windisch im Bett seinen Atem zu ihr dreht.

Seit zwei Jahren hat sie keine Gebärmutter im Bauch. »Der Arzt hat es verboten«, sagt sie, »ich laß mir nicht die Harnblase schinden, weil es dir so paßt.«

Wenn sie das sagt, spürt Windisch ihren kalten Zorn zwischen ihrem und seinem Gesicht. Sie faßt Windisch an der Schulter an. Manchmal dauert es eine Weile, bis sie seine Schulter findet. Wenn sie seine Schulter gefunden hat, sagt sie im Dunkeln neben Windischs Ohr: »Du könntest schon Großvater sein. Unsre Zeit ist vorbei.«

Im vergangenen Sommer war Windisch mit zwei Säcken Mehl auf dem Heimweg gewesen.

Windisch hatte an ein Fenster geklopft. Der Bürgermeister leuchtete mit der Taschenlampe durch den Vorhang. »Was klopfst du noch«, sagte der Bürgermeister. »Stell das Mehl in den Hof. Das Tor ist doch offen.« Seine Stimme schlief. Es war ein Gewitter in der Nacht. Ein Blitzstrahl fiel vor dem Fenster ins Gras. Der Bürgermeister machte die Taschenlampe aus. Seine Stimme wachte auf und redete lauter. »Noch fünf Transporte, Windisch«, sagte der Bürgermeister, »und zu Neujahr das Geld. Und zu Ostern hast du den Paß.« Es donnerte, und der Bürgermeister schaute die Fensterscheibe an. »Stell das Mehl unters Dach«, sagte er, »es gibt Regen.«

»Der zwölfte Transport seitdem, und zehntausend Lei, und Ostern ist längst gewesen«, denkt Windisch. Er klopft schon lange nicht mehr ans Fenster. Er öffnet das Tor. Windisch drückt den Sack an den Bauch und stellt ihn in den Hof. Auch wenn es keinen Regen gibt, stellt Windisch den Sack unters Dach.

Das Fahrrad ist leicht. Es fährt, und Windisch hält es neben sich. Wenn das Fahrrad durchs Gras fährt, hört Windisch seine Schritte nicht.

In jener Gewitternacht waren alle Fenster dunkel gewesen. Windisch hatte im langen Gang gestanden. Ein Blitzstrahl riß die Erde auf. Ein Donner drückte den Hof in den Riß. Windischs Frau hörte nicht, wie sich der Schlüssel drehte in der Tür.

Windisch hatte im Vorzimmer gestanden. Der Donner war so weit übers Dorf, hinter die Gärten gefallen, daß eine kalte Stille in der Nacht war. Windisch hatte kalte Pupillen in den Augen. Windisch hatte das Gefühl, daß die Nacht zerbrechen wird, daß es auf einmal blendend hell wird überm Dorf. Windisch stand im Vorzimmer und wußte, daß er, wenn er nicht ins Haus gegangen wär, durch die Gärten hindurch das schmale Ende aller Dinge und sein eignes Ende überall gesehen hätte.

Hinter der Zimmertür hörte Windisch das sture, gleichmäßige Stöhnen seiner Frau. Wie eine Nähmaschine.

Windisch riß die Zimmertür auf. Er knipste das Licht an. Die Beine seiner Frau standen wie aufgerißne Fensterflügel auf dem Bettuch. Sie zuckten im Licht. Windischs Frau riß die Augen auf. Ihr Blick war nicht geblendet von dem Licht. Er war nur starr.

Windisch bückte sich. Er schnürte seine Schuhe auf. Er schaute unter seinem Arm hindurch auf die Schenkel seiner Frau. Er sah, wie sie den schleimigen Finger aus dem Haar zog. Sie wußte nicht, wo sie die Hand mit diesem Finger hinlegen sollte. Sie legte sie auf ihren nackten Bauch.

Windisch schaute seine Schuhe an und sagte: »So ist das also. So ist das mit der Harnblase, gnädige Frau.« Windischs Frau legte die Hand mit diesem Finger aufs Gesicht. Sie schob die Beine ans Bettende hinunter. Sie preßte sie immer mehr aneinander, bis Windisch nur noch ein einziges Bein und zwei Fußsohlen sehen konnte.

Windischs Frau drehte das Gesicht zur Wand und weinte laut. Sie weinte lange mit der Stimme ihrer jüngeren Jahre. Sie weinte kurz und leise mit der Stimme ihres Alters. Sie wimmerte dreimal mit der Stimme einer anderen Frau. Dann verstummte sie.

Windisch knipste das Licht aus. Er stieg in das warme Bett. Er spürte ihren Schlamm, als hätte sie ihren Bauch ins Bett geleert.

Windisch hörte, wie der Schlaf sie weit hinunterdrückte unter diesen Schlamm. Nur ihr Atem schnurrte. Er war müd und leer. Und fern von allen Dingen. Wie am Ende aller Dinge, wie an seinem eigenen Ende schnurrte ihr Atem.

Ihr Schlaf war in jener Nacht so weit, daß kein Traum sie finden konnte.

SCHWARZE FLECKEN

Hinterm Apfelbaum hängen die Fenster des Kürschners. Sie sind hell beleuchtet. »Der hat den Paß«, denkt Windisch. Die Fenster sind grell, und nackt ist das Glas. Der Kürschner hat alles verkauft. Die Zimmer sind leer. »Die haben die Vorhänge verkauft«, sagt Windisch vor sich hin.

Der Kürschner lehnt am Kachelofen. Auf dem Fußboden stehen weiße Teller. Auf dem Fensterbrett liegt das Besteck. An der Türklinke hängt der schwarze Mantel des Kürschners. Die Frau des Kürschners beugt sich gehend über die großen Koffer. Windisch sieht ihre Hände. Sie werfen Schatten an die leeren Zimmerwände. Sie werden lang und biegen sich. Die Arme sind gewellt wie Äste überm Wasser. Der Kürschner zählt Geld. Er legt das Bündel mit den Scheinen in die Röhre des Kachelofens.

Der Schrank ist ein weißes Viereck, die Betten sind weiße Rahmen. Dazwischen sind die Wände schwarze Flecken. Der Fußboden ist schief. Der Fußboden hebt sich. Er steigt hoch an der Wand. Er stellt sich vor die Tür. Der Kürschner zählt das zweite Bündel Geld. Der Fußboden wird ihn verdecken. Die Frau des Kürschners bläst von der grauen Pelzkappe den Staub. Der Fußboden wird sie zur Decke heben. Neben dem Kachelofen hat die Wanduhr einen langen weißen Fleck geschlagen. Neben dem Kachelofen hängt die Zeit. Windisch schließt die Augen. »Die Zeit ist zu Ende«, denkt Windisch. Er hört den weißen Fleck der Wanduhr ticken und sieht das Zifferblatt aus schwarzen Flecken. Ohne Zeiger ist die Zeit. Nur die schwarzen Flecken drehen sich. Sie drängen sich. Sie drücken sich aus diesem weißen Fleck hinaus. Fallen der Wand entlang. Sie sind der Fußboden. Die schwarzen Flecken sind der Fußboden im andren Zimmer.

Rudi kniet auf dem Fußboden im leeren Zimmer. Vor ihm liegt sein farbiges Glas in langen Reihen. In Kreisen. Neben Rudi steht der leere

Koffer. An der Wand hängt ein Bild. Es ist kein Bild. Der Rahmen ist aus grünem Glas. Im Rahmen ist Milchglas mit roten Wellen.

Die Eule fliegt über die Gärten. Ihr Schrei ist hoch. Ihr Flug ist tief. Voll mit Nacht ist ihr Flug. »Eine Katze«, denkt Windisch, »eine Katze, die fliegt.«

Rudi hält einen Löffel aus blauem Glas vor sein Aug. Sein Augenweiß wird groß. Seine Pupille ist eine nasse, glänzende Kugel im Löffel. Der Fußboden schwemmt Farben an den Zimmerrand. Die Zeit aus dem anderen Zimmer schlägt Wellen. Die schwarzen Flecken schwimmen mit. Die Glühbirne zuckt. Das Licht ist zerrissen. Die beiden Fenster schwimmen ineinander. Die beiden Fußböden drükken die Wände vor sich her. Windisch hält seinen Kopf in der Hand. Im Kopf schlägt der Puls. Im Handgelenk schlägt die Schläfe. Die Fußböden heben sich. Sie nähern sich, berühren sich. Sie sinken ihrem schmalen Riß entlang. Sie werden schwer sein, und die Erde wird zerbrechen. Das Glas wird glühen, wird ein zitterndes Geschwür im Koffer sein.

Windisch öffnet den Mund. Er spürt sie wachsen im Gesicht, die schwarzen Flecken.

DIE SCHACHTEL

Rudi ist Ingenieur. Er arbeitete drei Jahre lang in einer Glasfabrik. Die Glasfabrik liegt im Gebirge.

Der Kürschner fuhr in diesen drei Jahren ein einziges Mal zu seinem Sohn. »Ich fahr für eine

Woche zu Rudi ins Gebirge«, hatte der Kürschner zu Windisch gesagt.

Nach drei Tagen kehrte der Kürschner zurück. Er hatte hochrote Wangen von der Gebirgsluft und wunde Augen von der Schlaflosigkeit. »Ich hab dort nicht schlafen können«, sagte der Kürschner. »Ich hab kein Auge zugetan. Ich hab die Berge in der Nacht im Kopf gespürt.«

»Überall wo man hinschaut«, erzählte der Kürschner, »sind Berge. Auf dem Weg zu den Bergen sind Tunnels. Das sind auch Berge. Sie sind schwarz wie die Nacht. Der Zug fährt durch die Tunnels. Der ganze Berg rattert im Zug. Man kriegt ein Brummen in die Ohren und einen Druck in den Kopf. Mal eine sackdunkle Nacht, mal ein blitzheller Tag«, sagte der Kürschner, »und das ständig im Wechsel. Das hält man nicht aus. Alle sitzen und schauen nicht mal zum Fenster hinaus. Sie lesen Bücher, wenn es hell ist. Sie passen auf, daß die Bücher ihnen nicht von den Knien rutschen. Ich hab aufpassen müssen, daß ich sie nicht mit den Ellbogen berühr. Sie lassen die Bücher aufgeschlagen, wenn es dunkel wird. Ich hab gehorcht, ich hab in den Tunnels gehorcht, ob sie die Bücher zuschlagen. Ich hab nichts gehört. Wenn es hell geworden ist, hab ich zuerst auf die Bücher geschaut und dann auf ihre Augen. Die Bücher waren aufgeschlagen, und die Augen waren geschlossen. Die Leute haben die Augen später geöffnet als ich. Ich sag dir, Windisch«, sagte der Kürschner, »ich war jedesmal stolz, weil ich die Augen vor ihnen geöffnet hab. Ich hab ein Gespür für das Ende des Tunnels. Ich hab das aus Rußland«, sagte der Kürschner. Er hielt sich die Stirn mit der Hand. »So viele ratternde Nächte und so viele blitzhelle Tage«, sagte der Kürschner, »hab ich nie erlebt. Ich hab in der Nacht, im Bett die Tunnels gehört. Sie haben gerauscht. Gerauscht wie die Loren im Ural.«

Der Kürschner wiegte den Kopf. Sein Gesicht wurde hell. Er schaute über seine Schulter zum Tisch. Er schaute, ob seine Frau nicht zuhört. Dann flüsterte er: »Nur Weiber, Windisch, ich sag dir, Weiber gibt's dort. Die haben einen Schritt. Die mähen rascher als die Männer.« Der Kürschner lachte. »Leider Gottes«, sagte er, »sind es Walachinnen. Im Bett sind sie gut, aber kochen können sie nicht wie unsere Fraun.«

Auf dem Tisch stand eine Blechschüssel. Die Frau des Kürschners schlug in der Schüssel das Eiweiß zu Schnee. »Ich hab zwei Hemden gewaschen«, sagte sie. »Das Wasser ist schwarz geworden. So ein Dreck ist dort. Man sieht ihn nicht, wegen den Wäldern.«

Der Kürschner schaute in die Schüssel. »Oben, auf dem höchsten Berg«, sagte er, »ist ein Sanatorium. Dort sind die Verrückten. Sie gehn in blauen Unterhosen und dicken Mänteln hinterm Zaun herum. Einer sucht den ganzen Tag Tannenzapfen im Gras. Er redet mit sich. Rudi sagt, er ist ein Bergarbeiter. Er hat einen Streik gemacht.«

Die Frau des Kürschners tauchte die Fingerspitze in den Schnee. »Das hat man davon«, sagte sie und leckte die Fingerspitze ab.

»Ein anderer«, sagte der Kürschner, »war bloß eine Woche im Sanatorium. Er ist wieder in die Grube. Ein Auto hat ihn überfahren.«

Die Frau des Kürschners hob die Schüssel. »Die Eier sind alt«, sagte sie, »der Schnee ist bitter.«

Der Kürschner nickte. »Von oben sieht man die Friedhöfe«, sagte er, »sie hängen schief an den Bergen runter.«

Windisch legte die Hände neben die Schüssel auf den Tisch. Er sagte: »Dort möcht ich nicht begraben sein.«

Die Frau des Kürschners schaute abwesend auf Windischs Hände. »Ja, es muß schön sein im Gebirge«, sagte sie. »Nur ist es so weit von hier. Wir können nicht hin, und Rudi kommt nicht nach Hause.«

»Jetzt backt sie wieder Kuchen«, sagte der Kürschner, »und Rudi ißt nichts davon.«

Windisch zog die Hände vom Tisch.

»Die Wolken hängen in die Stadt herunter«, sagte der Kürschner. »Die Leute gehn zwischen den Wolken herum. Jeden Tag kommt ein Gewitter. Wenn die Leute auf dem Feld sind, werden sie vom Blitz erschlagen.«

Windisch steckte die Hände in die Hosentaschen. Er stand auf. Er ging zur Tür.

»Ich hab was mitgebracht«, sagte der Kürschner. »Rudi hat mir für Amalie eine kleine Schachtel mitgegeben.« Der Kürschner zog eine Schublade auf. Er schob sie wieder zu. Er schaute in einen leeren Koffer. Die Frau des Kürschners suchte in seinen Rocktaschen. Der Kürschner öffnete den Schrank.

Die Frau des Kürschners hob erschöpft die Hände. »Wir werden sie suchen«, sagte sie. Der Kürschner suchte in seinen Hosentaschen. »Ich hab die Schachtel heute Morgen noch in der Hand gehabt«, sagte er.

Windisch sitzt in der Küche vor dem Fenster. Er rasiert sich. Er pinselt den weißen Schaum über sein Gesicht. Der Schaum knirscht auf seinen Wangen. Windisch verteilt den Schnee mit der Fingerspitze um seinen Mund. Er schaut in den Spiegel. Er sieht die Küchentür darin. Und sein Gesicht.

Windisch sieht, daß er sich zu viel Schnee ins Gesicht gepinselt hat. Er sieht, wie sein Mund im Schnee liegt. Er spürt, daß er durch den Schnee im Nasenloch und durch den Schnee am Kinn nicht reden kann.

Windisch öffnet das Klappmesser. Er prüft die Messerschneide an der Fingerhaut. Er setzt die Messerschneide unterm Auge an. Der Backenknochen bewegt sich nicht. Windisch zieht mit der anderen Hand unterm Aug die Falten glatt. Er schaut zum Fenster hinaus. Da ist das grüne Gras.

Das Klappmesser zuckt. Die Messerschneide brennt.

Windisch hat viele Wochen lang unterm Aug eine Wunde. Sie ist rot. Sie hat einen weichen Rand aus Eiter. Jeden Abend ist viel Mehlstaub drin.

Seit einigen Tagen wächst unter Windischs Aug eine Kruste.

Windisch geht morgens mit der Kruste aus dem Haus. Als er die Mühlentür aufgesperrt, als er das Schloß in die Rocktasche gesteckt hat, greift Windisch sich an die Wange. Die Kruste ist weg.

»Vielleicht liegt die Kruste in der tiefen Stelle«, denkt Windisch.

Als es draußen hell wird, geht Windisch an den Mühlenteich. Er kniet sich ins Gras. Er schaut sein Gesicht im Wasser an. Kleine Kreise schlagen in sein Ohr. Sein Haar verwackelt das Bild.

Windisch hat unterm Aug eine krumme, weiße Narbe.

Ein Schilfblatt ist geknickt. Es öffnet und schließt sich neben seiner Hand. Das Schilfblatt hat eine braune Messerschneide.

DIE TRÄNE

Amalie kam aus dem Hof des Kürschners. Sie ging durchs Gras. Sie hielt die kleine Schachtel in der Hand. Sie roch daran. Windisch sah Amalies Rocksaum. Er warf einen Schatten ins Gras. Ihre Waden waren weiß. Windisch sah, wie Amalie die Hüften wiegte.

Die Schachtel war mit einer silbernen Schnur zugebunden. Amalie stellte sich vor den Spiegel. Sie schaute sich an. Sie suchte die silberne Schnur im Spiegel und zupfte daran. »Die Schachtel hat im Hut des Kürschners gelegen«, sagte sie.

In der Schachtel knisterte weißes Seidenpapier. Auf dem weißen Papier lag eine Träne aus Glas. Sie hatte ein Loch an der Spitze. Innen, im Bauch, hatte die Träne eine Rinne. Unter der Träne lag ein Zettel. Rudi hatte geschrieben: »Die Träne ist leer. Füll sie mit Wasser. Am besten mit Regenwasser.«

Amalie konnte die Träne nicht füllen. Es war

Sommer, und das Dorf war ausgedorrt. Und Brunnenwasser war kein Regenwasser.

Amalie hielt die Träne vors Fenster ins Licht. Sie war außen starr. Aber innen, der Rinne entlang, zitterte sie.

Der Himmel brannte sich sieben Tage lang leer. Er war bis ans Ende des Dorfes gewandert. Er schaute im Tal in den Fluß. Der Himmel trank Wasser. Es regnete wieder.

Im Hof floß das Wasser über die Pflastersteine. Amalie stand mit der Träne an der Dachrinne. Sie schaute wie das Wasser in den Bauch der Träne floß.

Im Regenwasser war auch Wind. Er trieb gläserne Glocken durch die Bäume. Die Glocken waren trüb, es wirbelten Blätter darin. Der Regen sang. Es war auch Sand in der Stimme des Regens. Es waren auch Baumrinden drin.

Die Träne war voll. Amalie brachte sie mit nassen Händen und nackten, sandigen Füßen ins Zimmer.

Windischs Frau nahm die Träne in die Hand. Das Wasser leuchtete in ihr. Es war ein Licht im Glas. Das Wasser der Träne tropfte Windischs Frau zwischen die Finger.

Windisch streckte die Hand aus. Er nahm die Träne. Das Wasser kroch an seinem Ellbogen hinunter. Windischs Frau leckte mit der Zungenspitze an ihren nassen Fingern. Windisch schaute, wie sie an dem Finger leckte, den sie in der Gewitternacht schleimig aus dem Haar gezogen hatte. Er schaute hinaus in den Regen. Er spürte den Schleim im Mund. In seinem Hals drückte der Knoten des Erbrechens.

Windisch legte die Träne in Amalies Hand. Die Träne tropfte. Das Wasser aus ihr sank nicht. »Das Wasser ist salzig. Es brennt an den Lippen«, sagte Windischs Frau.

Amalie leckte an ihrem Handgelenk. »Der Regen ist süß«, sagte sie. »Das Salz ist geweint von der Träne.«

LUDERGARTEN

»Da helfen auch die Schulen nichts«, sagte Windischs Frau. Windisch schaute Amalie an und sagte: »Rudi ist Ingenieur, aber da helfen auch die Schulen nichts.« Amalie lachte. »Rudi kennt das Sanatorium nicht nur von außen. Er war interniert«, sagte Windischs Frau. »Ich weiß es von der Postfrau.«

Windisch schob ein Glas auf dem Tisch hin und her. Er schaute ins Glas und sagte: »Das liegt in der Familie. Da kommen Kinder, die werden auch verrückt.«

Rudis Urgroßmutter wurde im Dorf ›die Raupe‹ genannt. Sie hatte ihren dünnen Zopf immer überm Rücken hängen. Sie konnte den Kamm nicht ertragen. Ihr Mann starb früh und ohne krank zu sein.

Die Raupe ging ihren Mann nach dem Begräbnis suchen. Sie ging ins Wirtshaus. Sie schaute jedem Mann ins Gesicht. »Du bist es nicht«, sagte sie von einem Tisch zum andern. Der Wirt ging zu ihr und sagte: »Dein Mann ist doch tot.« Sie nahm ihren dünnen Zopf in die Hand. Sie weinte und lief auf die Straße.

Jeden Tag ging die Raupe ihren Mann suchen. Sie ging in die Häuser und fragte, ob er dagewesen sei.

An einem Wintertag, als der Nebel weiße Reifen übers Dorf trieb, ist die Raupe ins Feld gegangen. Sie hatte ein Sommerkleid und keine Strümpfe an. Nur ihre Hände waren angezogen für den Schnee. Sie trug dicke Wollhandschuhe. Sie ging durch kahles Gestrüpp. Es war später Nachmittag. Der Waldhüter sah sie. Er schickte sie zurück ins Dorf.

Der Waldhüter kam am nächsten Tag ins Dorf. Die Raupe lag in einem Schlehenstrauch. Sie war erfroren. Er brachte sie auf der Schulter ins Dorf. Die Raupe war starr wie ein Brett.

»So unverantwortlich war sie«, sagte Windischs Frau. »Sie hat ihr dreijähriges Kind allein in der Welt gelassen.«

Das dreijährige Kind war Rudis Großvater. Er war Tischler. Er hatte nichts im Sinn mit seinem Feld. »Auf der guten Erde sind Kletten gewachsen«, sagte Windisch.

Rudis Großvater hatte nur das Holz im Kopf. Er kaufte Holz um sein ganzes Geld. »Aus dem Holz hat er Figuren gemacht«, sagte Windischs Frau. »Er hat in jedes Holz Gesichter gemeißelt, daß es ein Scheusal war.«

»Dann ist die Enteignung gekommen«, sagte Windisch. Amalie strich sich roten Nagellack auf die Fingernägel. »Alle Bauern haben gezittert. Aus der Stadt sind Männer gekommen. Sie haben das Feld vermessen. Sie haben die Namen der Leute aufgeschrieben und gesagt: Alle, die nicht unterschreiben, werden eingesperrt. Alle Gassentore waren verriegelt«, sagte Windisch. »Der alte Kürschner hat das Gassentor nicht verriegelt. Er hat es weit geöffnet. Als die Männer gekommen sind, hat er gesagt: Gut, daß ihr's nehmt. Nehmt auch die Pferde, dann hab ich sie los.«

Windischs Frau riß Amalie die Flasche Nagellack aus der Hand. »Das hat sonst keiner gesagt«, sagte sie. Sie hatte sich im Zorn eine kleine blaue Ader hinters Ohr geschrien. »Hörst du überhaupt zu«, hatte sie geschrien.

Der alte Kürschner hatte aus der Linde im Garten eine nackte Frau gehackt. Er stellte sie vor das Zimmerfenster in den Hof. Seine Frau weinte. Sie nahm das Kind. Sie legte es in einen Weidenkorb. »Sie ist mit dem Kind und ein paar Sachen, die sie tragen konnte, in ein leeres Haus an den Dorfrand gezogen«, sagte Windisch.

»Das Kind hat von dem vielen Holz schon ein tiefsinniges Loch im Kopf gehabt«, sagte Windischs Frau.

Das Kind ist der Kürschner. Als er gehen konnte, ging er jeden Tag ins Feld. Er fing Eidechsen und Kröten. Als er größer war, schlich er nachts in den Kirchturm hinauf. Er nahm die Eulen, die nicht fliegen konnten, aus dem Nest. Er trug sie unterm Hemd nach Haus. Er fütterte die Eulen mit Eidechsen und Kröten. Wenn sie ausgewachsen waren, brachte er sie um. Er höhlte sie aus. Er legte sie in Kalkmilch. Er trocknete sie und stopfte sie aus.

»Vor dem Krieg«, sagte Windisch, »hat der Kürschner beim Kegeln den Kerweihbock gewonnen. Er hat dem Bock mitten im Dorf lebend das

Fell abgezogen. Die Leute sind auseinandergelaufen. Den Frauen ist es schlecht geworden.«

»An der Stelle, wo der Bock verblutet ist«, sagte Windischs Frau, »wächst heute noch kein Gras.«

Windisch lehnte am Schrank. »Ein Held war er nie«, seufzte Windisch, »er war bloß ein Schinder. Im Krieg hat man nicht gegen Eulen und Kröten gekämpft.«

Amalie kämmte sich vor dem Spiegel.

»Er war nie in der SS«, sagte Windischs Frau, »er war nur bei der Wehrmacht. Nach dem Krieg hat er wieder Eulen und Störche und Amseln gejagt und sie ausgestopft. Und alle kranken Schafe und Hasen aus der Umgebung geschlachtet. Und die Felle ausgegerbt. Sein ganzer Dachboden ist ein Ludergarten für das tote Vieh«, sagte Windischs Frau.

Amalie griff nach dem Fläschchen mit dem Nagellack. Windisch spürte das Sandkorn hinter der Stirn, es zog von einer Schläfe zur anderen. Ein roter Tropfen aus dem Fläschchen fiel auf das Tischtuch.

»Du warst in Rußland eine Hure«, sagte Amalie zu ihrer Mutter und schaute auf den Fingernagel.

DER STEIN IM KALK

Die Eule fliegt in einem Kreis über den Apfelbaum. Windisch schaut in den Mond. Er schaut, wohin die schwarzen Flecken ziehn. Die Eule schließt ihren Kreis nicht.

Der Kürschner hat die letzte Eule aus dem Kirchturm vor zwei Jahren ausgestopft und dem Pfarrer geschenkt. »Diese Eule wohnt in einem andern Dorf«, denkt Windisch.

Immer findet die fremde Eule hier im Dorf die Nacht. Niemand weiß, wo sie am Tag die Flügel ausruht. Niemand weiß, wo sie ihren Schnabel schließt und schläft.

Windisch weiß, daß die fremde Eule die ausgestopften Vögel auf dem Dachboden des Kürschners riecht.

Der Kürschner hat das ausgestopfte Vieh dem Museum in der Stadt geschenkt. Er hat kein Geld dafür bekommen. Es sind zwei Männer gekommen. Das Auto hat einen Tag lang vor dem Haus des Kürschners gestanden. Es war weiß und geschlossen wie ein Zimmer.

Die Männer haben gesagt: »Das ausgestopfte Vieh gehört zum Wildbestand unserer Wälder.« Sie haben all die Vögel in Schachteln verpackt. Sie haben mit einer hohen Strafe gedroht. Der Kürschner hat ihnen all seinc Schaffelle geschenkt. Dann haben sie gesagt, es sei alles in Ordnung.

Das weiße, geschlossene Auto ist langsam wie ein Zimmer aus dem Dorf hinaus gefahren. Die Frau des Kürschners hat vor Angst gelächelt und gewunken.

Windisch sitzt in der Veranda. »Der Kürschner hat später als wir eingereicht«, denkt er. »Er hat in der Stadt bezahlt.«

Windisch hört ein Blatt auf dem Pflaster des Gangs. Es kratzt auf den Steinen. Die Wand ist lang und weiß. Windisch schließt die Augen. Er spürt, wie die Wand an sein Gesicht wächst. Der

Kalk brennt an seiner Stirn. Ein Stein im Kalk öffnet das Maul. Der Apfelbaum zittert. Die Blätter sind Ohren. Sie horchen. Der Apfelbaum tränkt seine grünen Äpfel.

DER APFELBAUM

Vor dem Krieg hatte ein Apfelbaum hinter der Kirche gestanden. Es war ein Apfelbaum, der seine Äpfel selber fraß.

Der Vater des Nachtwächters war auch Nachtwächter gewesen. In einer Sommernacht stand er hinterm Buchsbaumzaun. Er sah, wie der Apfelbaum, am Stamm oben, wo sich die Äste teilten, ein Maul öffnete. Der Apfelbaum fraß Äpfel.

Am Morgen legte der Nachtwächter sich nicht schlafen. Er ging zum Dorfrichter. Er sagte ihm, daß der Apfelbaum hinter der Kirche selber seine Äpfel frißt. Der Dorfrichter lachte. Er zuckte beim Lachen mit den Wimpern. Der Nachtwächter hörte durch sein Lachen die Angst. In den Schläfen des Dorfrichters klopften die kleinen Hämmer des Lebens.

Der Nachtwächter ging nach Haus. Er legte sich in seinen Kleidern ins Bett. Er schlief ein. Er schlief im Schweiß.

Während er schlief, rieb der Apfelbaum dem Dorfrichter die Schläfen wund. Seine Augen waren gerötet, und sein Mund war trocken.

Nach dem Mittagessen schlug der Dorfrichter seine Frau. Er hatte in der Suppe schwimmende Äpfel gesehn. Er hatte sie geschluckt.

Der Dorfrichter konnte nach dem Essen nicht schlafen. Er schloß die Augen und hörte Baumrinden hinter der Wand. Die Baumrinden hingen in einer Reihe. Sie schaukelten an Stricken und fraßen Äpfel.

Am Abend hielt der Dorfrichter eine Sitzung ab. Die Leute versammelten sich. Der Dorfrichter gründete eine Kommission zur Überwachung des Apfelbaums. Zu der Kommission gehörten vier Großbauern, der Pfarrer, der Dorflehrer und der Dorfrichter selbst.

Der Dorflehrer hielt eine Rede. Er nannte die Kommission zur Überwachung des Apfelbaums ›Sommernachtskommission‹. Der Pfarrer weigerte sich, den Apfelbaum hinter der Kirche zu überwachen. Er schlug dreimal das Kreuz. Er entschuldigte sich mit: »Gott verzeih deinem Sünder.« Er drohte, daß er am nächsten Morgen in die Stadt fahren und diese Gotteslästerung dem Bischof melden werde.

An jenem Abend wurde es spät dunkel. Die Sonne konnte in ihrer Hitze das Ende des Tages nicht finden. Die Nacht quoll aus der Erde übers Dorf.

Die Sommernachtskommission kroch in der Dunkelheit den Buchsbaumzaun entlang. Sie legte sich unter den Apfelbaum. Sie schaute ins Astgewirr.

Der Dorfrichter hatte eine Axt. Die Großbauern legten ihre Mistgabeln ins Gras. Der Dorflehrer saß neben einer Sturmlaterne mit einem Bleistift und einem Heft unter einem Sack. Er schaute mit einem Auge durch das daumengroße Loch des Sackes. Er schrieb den Bericht.

Die Nacht war hochgewachsen. Sie drückte den Himmel aus dem Dorf hinaus. Es war Mitternacht. Die Sommernachtskommission starrte den halbverjagten Himmel an. Der Lehrer schaute unterm Sack auf seine Taschenuhr. Es war Mitternacht vorbei. Die Kirchenuhr hatte nicht geschlagen.

Der Pfarrer hatte die Kirchenuhr abgestellt. Ihre verzahnten Räder sollten nicht die Zeit der Sünde messen. Die Stille sollte das Dorf verklagen.

Im Dorf schlief niemand. Die Hunde standen auf den Straßen. Sie bellten nicht. Die Katzen saßen in den Bäumen. Sie schauten mit glühenden Laternenaugen.

Die Leute saßen in den Zimmern. Die Mütter trugen ihre Kinder hin und her zwischen brennenden Kerzen. Die Kinder weinten nicht.

Windisch hatte mit Barbara unter der Brücke gesessen.

Der Lehrer hatte die Mitte der Nacht auf seiner Taschenuhr gesehn. Er streckte die Hand aus dem Sack heraus. Er machte der Sommernachtskommission ein Zeichen.

Der Apfelbaum rührte sich nicht. Der Dorfrichter räusperte sich vom langen Schweigen. Einen Großbauer schüttelte der Tabakhusten. Er pflückte rasch ein Büschel Gras. Er steckte das Gras in den Mund. Er grub seinen Husten ein.

Zwei Stunden nach Mitternacht begann der Apfelbaum zu zittern. Oben, wo sich die Äste teilten, öffnete sich ein Maul. Das Maul fraß Äpfel.

Die Sommernachtskommission hörte das Knatschen des Mauls. Hinter der Wand, in der Kirche, zirpten die Grillen.

Das Maul fraß den sechsten Apfel. Der Dorfrichter lief an den Baum. Er schlug mit der Axt in das Maul. Die Großbauern hoben ihre Mistgabeln in die Luft. Sie stellten sich hinter den Dorfrichter.

Ein Stück Rinde mit gelbem, nassem Holz fiel ins Gras.

Der Apfelbaum schloß seinen Mund.

Keiner der Sommernachtskommission hatte gesehn, wie und wann der Apfelbaum sein Maul geschlossen hatte.

Der Lehrer kroch aus seinem Sack heraus. Er als Lehrer hätte das sehen müssen, sagte der Dorfrichter.

Um vier Uhr am Morgen ging der Pfarrer in seiner langen, schwarzen Kutte, unter seinem großen, schwarzen Hut, neben seiner schwarzen Aktentasche zum Bahnhof. Er ging rasch. Er schaute nur aufs Pflaster. An den Häuserwänden stand die Dämmerung. Der Kalk war hell.

Drei Tage danach kam der Bischof ins Dorf. Die Kirche war voll. Die Leute sahen, wie er zwischen den Bänken hindurch auf den Altar zuging. Er stieg auf die Kanzel.

Der Bischof betete nicht. Er sagte, daß er den Bericht des Lehrers gelesen habe. Daß er sich mit Gott beraten habe. »Gott weiß es schon lange«, schrie er, »Gott hat mich erinnert an Adam und Eva. Gott«, sagte der Bischof leise, »Gott hat mir gesagt: Im Apfelbaum ist der Teufel.«

Der Bischof hatte dem Pfarrer einen Brief geschrieben. Er schrieb den Brief lateinisch. Der Pfarrer las den Brief von der Kanzel runter. Wegen dem Lateinischen schien die Kanzel sehr hoch.

Der Vater des Nachtwächters sagte, er habe die Stimme des Pfarrers nicht gehört.

Als der Pfarrer den Brief zu Ende gelesen hatte, schloß er die Augen. Er faltete die Hände und betete lateinisch. Er stieg von der Kanzel runter. Er schien klein. Sein Gesicht war müde. Er stellte sich mit dem Gesicht zum Altar. »Wir dürfen den Baum nicht fällen. Wir müssen den Baum stehend verbrennen«, sagte er.

Der alte Kürschner hätte den Baum gerne vom Pfarrer gekauft. Doch der Pfarrer sagte: »Das Wort Gottes ist heilig. Der Bischof weiß davon.«

Am Abend brachten die Männer ein Fuder Stroh. Die vier Großbauern banden den Stamm mit Stroh ein. Der Bürgermeister stand auf der Leiter. Er streute das Stroh auf die Krone.

Der Pfarrer hatte hinter dem Apfelbaum gestanden und laut gebetet. Den Buchsbaumzaun entlang stand der Kirchenchor und sang lange Lieder. Es war kalt, und der Hauch der Lieder zog zum Himmel hinauf. Die Frauen und Kinder beteten leise.

Der Lehrer steckte das Stroh mit einem brennenden Holzspan an. Die Flamme fraß das Stroh. Sie wuchs. Die Flamme schluckte die Rinde des Baums. Das Feuer knackte im Holz. Die Baumkrone leckte am Himmel. Der Mond deckte sich zu.

Die Äpfel bliesen sich auf. Sie zerplatzten. Der Saft zischelte. Der Saft jaulte im Feuer wie lebendes Fleisch. Der Rauch stank. Er brannte in den Augen. Die Lieder wurden vom Husten zerrissen.

Das Dorf stand, bis der erste Regen kam, im Dunst. Der Lehrer schrieb in sein Heft. Er nannte diesen Dunst: »Apfelnebel.«

DER HOLZARM

Hinter der Kirche stand noch lange ein schwarzer, buckliger Strunk.

Die Leute sagten, hinter der Kirche stehe ein Mann. Er sehe aus wie der Pfarrer ohne Hut.

Morgens fiel Reif. Der Buchsbaum war weiß bestreut. Der Strunk war schwarz.

Der Kirchendiener trug die welken Rosen von den Altären hinter die Kirche. Er ging am Strunk vorbei. Der Strunk war der Holzarm seiner Frau.

Verkohlte Blätter wirbelten. Es war kein Wind. Die Blätter hatten kein Gewicht. Sie hoben sich an seine Knie. Sie fielen vor seine Schritte. Die Blätter zerfielen. Sie waren Ruß.

Der Kirchendiener hackte den Strunk ab. Die Axt hatte keinen Ton. Der Kirchendiener goß eine Flasche Lampenöl auf den Strunk. Er zündete ihn an. Der Strunk verbrannte. Auf dem Boden lag eine Handvoll Asche.

Der Kirchendiener tat die Asche in eine Schachtel. Er ging an den Dorfrand. Er scharrte mit den Händen ein Loch in die Erde. Vor seiner Stirn stand ein krummer Ast. Es war ein Holzarm. Der griff nach ihm.

Der Kirchendiener scharrte das Loch über der Schachtel zu. Er ging über staubige Wege ins Feld. Von weitem hörte er die Bäume. Der Mais war dürr. Die Blätter zerbrachen, wo er ging. Er spürte die Einsamkeit aller Jahre. Sein Leben war durchsichtig. War leer.

Die Krähen flogen über den Mais. Sie setzten sich auf die Maisstengel. Sie waren aus Kohle. Sie waren schwer. Die Maisstengel schaukelten. Die Krähen flatterten.

Als der Kirchendiener wieder im Dorf war, spürte er sein Herz nackt und starr zwischen den Rippen hängen. Die Schachtel mit der Asche lag neben dem Buchsbaumzaun.

DAS LIED

Die gefleckten Schweine des Nachbarn grunzen laut. Sie sind eine Herde in den Wolken. Sie ziehen über den Hof. Die Veranda ist mit Blättern zugesponnen. Jedes Blatt hat einen Schatten.

In der Seitenstraße singt eine Männerstimme. Das Lied schwimmt durch die Blätter. »Das Dorf ist sehr groß in der Nacht«, denkt Windisch, »und überall ist sein Ende.«

Windisch kennt das Lied: »Einst fuhr ich nach Berlin, die schöne Stadt zu gsiehn. Tirihaholala die ganze Nacht.« Die Veranda wächst hinauf, wenn es so dunkel ist. Wenn die Blätter Schatten haben. Sie drückt sich unterm Pflaster hoch. Auf einem Stiel. Wenn sie zu hoch gewachsen ist, dann bricht der Stiel. Die Veranda fällt auf die Erde. Auf denselben Platz. Wenn es Tag wird, sieht man nicht, daß die Veranda gewachsen und gefallen ist.

Windisch spürt den Stoß auf den Steinen. Es steht ein leerer Tisch vor ihm. Es steht ein Schreck auf dem Tisch. Der Schreck ist in Windischs Rippen. Windisch spürt den Schreck wie einen Stein in der Rocktasche hängen.

Das Lied schwimmt durch den Apfelbaum: »Sollst mir dein Tochter schicken, ich will sie einmal ficken. Tirihaholala die ganze Nacht.«

Windisch greift mit seiner kalten Hand in die Rocktasche. In der Rocktasche hängt kein Stein. Zwischen seinen Fingern ist das Lied. Windisch singt leise mit: »Mein Herr, das schickt sich nicht, mein Tochter fickt sich nicht. Tirihaholala die ganze Nacht.«

Weil die Herde der Schweine in den Wolken oben so groß ist, schleppen die Wolken sich übers Dorf. Die Schweine schweigen. Das Lied ist allein in der Nacht: »O Mutter, laß mich doch, warum hab ich mein Loch. Tirihaholala die ganze Nacht.«

Der Heimweg ist weit. Der Mann geht im Dunkeln. Das Lied reißt nicht ab. »O Mutter, borg mir deine, die meine ist zu kleine. Tirihaholala die ganze Nacht.« Das Lied ist schwer. Die Stimme ist tief. Es ist ein Stein im Lied. Kaltes Wasser rinnt über den Stein. »Ich kann sie dir nicht borgen, dein Vater braucht sie morgen. Tirihaholala die ganze Nacht.«

Windisch zieht die Hand aus der Rocktasche. Er verliert den Stein. Er verliert das Lied.

»Amalie«, denkt Windisch, »stellt die Fußspitzen beim Gehen seitlich auf die Erde.«

DIE MILCH

Als Amalie sieben Jahre alt war, zog Rudi sie durch den Mais. Er zog sie ans Ende des Gartens. »Der Mais ist der Wald«, sagte er. Rudi ging mit

Amalie in die Scheune. Er sagte: »Die Scheune ist das Schloß.«

In der Scheune stand ein leeres Weinfaß. Rudi und Amalie krochen in das Faß. »Das Faß ist dein Bett«, sagte Rudi. Er legte Amalie trockene Kletten ins Haar. »Du hast einen Dornenkranz«, sagte er. »Du bist verwünscht. Ich liebe dich. Du mußt leiden.«

Rudi hatte die Rocktaschen voller bunter Glasscherben. Er legte die Scherben um den Rand des Fasses. Die Scherben schimmerten. Amalie setzte sich auf den Boden des Fasses. Rudi kniete vor ihr. Er schob ihr Kleid hinauf. »Ich trinke Milch von dir«, sagte Rudi. Er saugte an Amalies Brustwarzen. Amalie schloß die Augen. Rudi biß ihr in die kleinen, braunen Knoten.

Amalies Brustwarzen waren geschwollen. Amalie weinte. Rudi ging durch das Gartenende ins Feld. Amalie lief ins Haus.

Die Kletten klebten in ihrem Haar. Sie waren verknäult. Windischs Frau schnitt die Knäule mit der Schere ab. Sie wusch Amalies Brustwarzen mit Kamillentee. »Du darfst nicht mehr mit ihm spielen«, sagte sie. »Der Sohn des Kürschners ist verrückt. Er hat von dem ausgestopften Vieh ein tiefsinniges Loch im Kopf.«

Windisch wiegte den Kopf. »Amalie wird uns noch Schande machen«, sagte er.

DIE GOLDAMSEL

Zwischen den Rolläden standen graue Risse. Amalie hatte Fieber. Windisch hatte keinen Schlaf. Er dachte an die zerbissenen Brustwarzen.

Windischs Frau setzte sich auf den Bettrand. »Ich hab geträumt«, sagte sie. »Ich bin auf den Hausboden gegangen. Ich hab das Mehlsieb in der Hand gehabt. Auf der Bodentreppe hat ein toter Vogel gelegen. Es war eine Goldamsel. Ich hab den Vogel an den Füßen hochgehoben. Unter ihm war ein Klumpen dicker, schwarzer Fliegen. Die Fliegen sind in einem Schwarm aufgeflogen. Sie haben sich ins Mehlsieb gesetzt. Ich hab das Sieb in der Luft geschüttelt. Die Fliegen sind nicht weggeflogen. Da hab ich die Tür aufgerissen. Ich bin in den Hof gelaufen. Ich hab das Sieb mit den Fliegen in den Schnee geworfen.«

DIE WANDUHR

Die Fenster des Kürschners sind in die Nacht gefallen. Rudi liegt auf seinem Mantel und schläft. Der Kürschner liegt mit seiner Frau auf einem Mantel und schläft.

Windisch sieht den weißen Fleck der Wanduhr auf dem leeren Tisch. In der Wanduhr lebt ein Kuckuck. Er spürt die Zeiger. Er schreit. Der Kürschner hat die Wanduhr dem Milizmann geschenkt.

Vor zwei Wochen hat der Kürschner Windisch einen Brief gezeigt. Der Brief war aus München. »Dort lebt mein Schwager«, hat der Kürschner gesagt. Er hat den Brief auf den Tisch gelegt. Er hat mit der Fingerspitze die Zeilen gesucht, die er vorlesen wollte. »Ihr sollt euer Geschirr und das Besteck mitbringen. Brillen sind hier sehr teuer. Pelzmäntel kann man sich nicht leisten.« Der Kürschner hat umgeblättert.

Windisch hört den Kuckuck schreien. Er riecht die ausgestopften Vögel durch die Zimmerdecke. Der Kuckuck ist der einzige lebende Vogel im Haus. Er zerreißt mit seinem Schrei die Zeit. Die ausgestopften Vögel stinken.

Dann hat der Kürschner gelacht. Er hat den Finger unter einem Satz an den Rand des Briefes geschoben. »Hier sind die Frauen nichts wert«, hat er gelesen. »Sie können nicht kochen. Meine Frau muß der Hausbesitzerin die Hühner schlachten. Die Dame weigert sich, das Blut und die Leber zu essen. Sie wirft den Magen und die Milz weg. Außerdem raucht sie den ganzen Tag und läßt alle Männer ran.«

»Die schlechteste Schwäbin«, hat der Kürschner gesagt, »ist immer noch mehr wert, als die beste Deutsche von dort.«

WOLFSKRAUT

Die Eule schreit nicht mehr. Sie hat sich auf ein Dach gesetzt. »Die alte Kroner muß gestorben sein«, denkt Windisch.

Die alte Kroner hat im vergangenen Sommer die Lindenblüten vom Baum des Faßbinders gepflückt. Der Baum steht auf der linken Seite des Friedhofs. Dort wächst Gras. Im Gras blühen wilde Narzissen. Im Gras ist ein Tümpel. Um den Tümpel liegen die Gräber der Rumänen. Sie sind flach. Das Wasser zieht sie unter die Erde.

Die Linde des Faßbinders riecht süß. Der Pfarrer sagt, daß die Gräber der Rumänen nicht zum Friedhof gehören. Daß die Gräber der Rumänen anders riechen als die Gräber der Deutschen.

Der Faßbinder war von Haus zu Haus gezogen. Er hatte einen Sack mit vielen kleinen Hämmern. Er klopfte die Reifen auf die Fässer. Er bekam dafür zu essen. Er durfte in den Scheunen schlafen.

Es war Herbst gewesen. Durch die Wolken sah man die Kälte des Winters. Der Faßbinder war an einem Morgen nicht aufgewacht. Niemand weiß, wer er war. Woher er kam. »So einer ist immer unterwegs«, sagten die Leute.

Die Äste der Linde hängen auf das Grab. »Man braucht keine Leiter«, sagte die alte Kroner. »Man wird nicht schwindlig.« Sie saß im Gras und pflückte die Blüten in einen Korb.

Die alte Kroner trank einen Winter lang den Lindenblütentee. Sie leerte sich die Tassen in den Mund. Die alte Kroner wurde teesüchtig. In den Tassen war der Tod.

Das Gesicht der alten Kroner leuchtete. Die Leute sagten: »Der alten Kroner blüht was im Gesicht.« Ihr Gesicht war jung. Das Jungsein war Schwäche. Wie man vor dem Sterben jung wird, war das Gesicht. Wie man immer jünger und so jung wird, bis der Körper bricht. Bis hinter die Geburt.

Die alte Kroner sang immer dasselbe Lied: »Am Brunnen vor dem Tore da steht ein Lindenbaum.« Sie sang neue Strophen hinzu. Sie sang Lindenblütenstrophen.

Wenn die alte Kroner den Tee ohne Zucker trank, wurden die Strophen traurig. Sie schaute beim Singen in den Spiegel. Sie sah die Linden in ihrem Gesicht. Sie spürte die Wunden am Bauch und an den Beinen.

Die alte Kroner pflückte Wolfskraut vom Feld. Sie kochte es. Sie rieb die Wunden mit dem braunen Saft ein. Die Wunden wurden immer größer. Sie rochen immer süßer.

Das ganze Wolfskraut von den Feldern hatte die alte Kroner gepflückt. Sie kochte immer mehr Wolfskraut und immer mehr Tee.

DIE MANSCHETTENKNÖPFE

Rudi war der einzige Deutsche in der Glasfabrik. »Er ist der einzige Deutsche in der ganzen Umgebung«, sagte der Kürschner. »Anfangs haben die Rumänen sich gewundert, daß es nach Hitler immer noch Deutsche gibt. ›Immer noch Deutsche‹, hatte die Sekretärin des Direktors gesagt, ›immer noch Deutsche. Sogar in Rumänien.‹«

»Das hat seine Vorteile«, meinte der Kürschner. »Rudi verdient viel Geld in der Fabrik. Er hat gute Beziehungen zu dem Mann vom Geheimdienst. Es ist ein großer, blonder Mann. Er hat blaue Augen. Er sieht aus wie ein Deutscher. Rudi sagt, er ist sehr gebildet. Er kennt sich in allen Glassorten aus. Rudi hat ihm eine Krawattennadel und Manschettenknöpfe aus Glas geschenkt. Das hat sich ausgezahlt«, sagte der Kürschner. »Der Mann hat uns viel geholfen mit dem Paß.«

Rudi schenkte dem Mann alle Glasgegenstände, die er in seiner Wohnung hatte. Blumentöpfe aus Glas. Kämme. Einen Schaukelstuhl aus blauem Glas. Tassen und Teller aus Glas. Bilder aus Glas. Eine Nachtlampe aus Glas mit einem roten Schirm.

Die Ohren, die Lippen, die Augen, die Finger, die Zehen aus Glas brachte Rudi in einem Koffer nach Hause. Er legte sie auf den Fußboden. Er legte sie in Reihen und Kreise. Er schaute sie an.

DIE BODENVASE

Amalie ist Kindergärtnerin in der Stadt. Sie kommt jeden Samstag nach Hause. Windischs Frau erwartet sie am Bahnhof. Sie hilft ihr, die schweren Taschen tragen. Amalie hat jeden Samstag eine Tasche mit Lebensmitteln und eine Tasche mit Glas. »Kristallglas«, sagt sie.

Die Schränke sind voll mit Kristallglas. Das Glas ist der Farbe und der Größe nach geordnet. Rote Weingläser, blaue Weingläser, weiße Schnapsgläser. Auf den Tischen stehn gläserne Obstschalen, Blumenvasen und Blumenkörbe.

»Geschenke von den Kindern«, sagt Amalie, wenn Windisch fragt: »Woher hast du das Glas.«

Seit einem Monat redet Amalie von einer Bodenvase aus Kristall. Sie zeigt vom Fußboden zu ihren Hüften rauf. »So hoch ist sie«, sagt Amalie. »Sie ist dunkelrot. Auf der Vase ist eine Tänzerin mit einem weißen Spitzenkleid.«

Windischs Frau hat große Augen, wenn sie von der Bodenvase hört. Jeden Samstag sagt sie: »Dein Vater wird nie begreifen, was eine Bodenvase wert ist.«

»Früher waren Blumenvasen gut«, sagt Windisch. »Heute brauchen die Leute Bodenvasen.«

Wenn Amalie in der Stadt ist, redet Windischs Frau von der Bodenvase. Ihr Gesicht lächelt. Ihre Hände werden weich. Sie hebt die Finger in die Luft, als würde sie eine Wange streicheln. Windisch weiß, sie würde für eine Bodenvase die Beine spreizen. Sie würde die Beine spreizen, wie sie die Finger weich macht in der Luft.

Windisch wird hart, wenn sie von der Bodenvase redet. Er denkt an die Zeit nach dem Krieg. »In Rußland hat sie die Beine für ein Stück Brot gespreizt«, sagten die Leute nach dem Krieg.

Windisch dachte damals: »Sie ist schön, und der Hunger tut weh.«

ZWISCHEN DEN GRÄBERN

Windisch war aus der Kriegsgefangenschaft ins Dorf zurückgekommen. Das Dorf war wund von den vielen Toten und Vermißten gewesen.

Barbara war in Rußland gestorben.

Katharina war aus Rußland zurückgekehrt. Sie wollte Josef heiraten. Josef war im Krieg gestorben. Katharina war blaß im Gesicht. Ihre Augen waren tief.

Katharina hatte wie Windisch den Tod gesehn. Katharina hatte wie Windisch ihr Leben mitgebracht. Windisch hängte sein Leben rasch an sie.

Windisch hatte sie am ersten Samstag im wunden Dorf geküßt. Er drückte sie an einen Baum. Er spürte ihren jungen Bauch und ihre runden Brüste. Windisch ging mit ihr die Gärten entlang.

Die Grabsteine standen in weißen Reihen. Das Eisentor quietschte. Katharina schlug das Kreuz. Sie weinte. Windisch wußte, daß sie um Josef weinte. Windisch schloß das Tor. Er weinte. Katharina wußte, daß er um Barbara weinte.

Katharina setzte sich hinter der Kapelle ins Gras. Windisch beugte sich zu ihr. Sie griff ihm ins Haar. Sie lächelte. Er schob ihr den Rock hoch. Er knöpfte sich die Hose auf. Er legte sich auf sie. Sie griff mit den Fingern ins Gras. Sie keuchte. Windisch schaute über ihr Haar. Die Grabsteine leuchteten. Sie zitterte.

Katharina setzte sich auf. Sie streifte den Rock über die Knie. Windisch stand vor ihr und knöpfte seine Hose zu. Der Friedhof war groß. Windisch wußte, daß er nicht gestorben war. Daß er zu Hause war. Daß diese Hose hier im Dorf, im Schrank auf ihn gewartet hatte. Daß er im Krieg und in der Kriegsgefangenschaft nicht wußte, wo das Dorf lag und wie lang es ihn noch geben wird.

Katharina hatte einen Grashalm im Mund gehabt. Windisch zog sie an der Hand. »Komm weg von hier«, sagte er.

DIE HÄHNE

Die Glocken der Kirchenuhr schlagen fünfmal. Windisch spürt kalte Knoten in den Beinen. Er geht in den Hof. Überm Zaun geht der Hut des Nachtwächters.

Windisch geht zum Tor. Der Nachtwächter hält sich am Telegrafenmast fest. Er redet mit sich. »Wo ist sie nur, wo bleibt sie nur, die schönste unter den Rosen«, sagt er. Der Hund sitzt auf dem Pflaster. Er frißt einen Wurm.

Windisch sagt: »Konrad.« Der Nachtwächter schaut ihn an. »Die Eule sitzt hinterm Strohschober in den Weiden«, sagt er. »Die Kroner ist tot.« Er gähnt. Sein Atem riecht nach Schnaps.

Im Dorf krähen die Hähne. Ihre Stimmen sind rauh. Sie haben die Nacht im Schnabel.

Der Nachtwächter hält sich am Zaun. Seine Hände sind dreckig. Seine Finger sind krumm.

DER TODESFLECK

Windischs Frau steht barfuß auf den Steinen im Gang. Ihr Haar ist zerwühlt, als wäre Wind im Haus. Windisch sieht die Gänsehaut auf ihren Waden. Die rauhe Haut an ihren Knöcheln.

Windisch riecht ihr Nachthemd. Es ist warm. Ihre Backenknochen sind hart. Sie zucken. Ihr Mund zerreißt. »Jetzt kommst du nach Haus«, schreit sie. »Um drei hab ich auf die Uhr geschaut.

Jetzt hat es fünf geschlagen.« Sie flattert mit den Händen in der Luft. Windisch schaut ihren Finger an. Er ist nicht schleimig.

Windisch zerdrückt ein dürres Apfelblatt in der Hand. Er hört seine Frau im Vorzimmer schrein. Sie schlägt die Türen zu. Sie geht schreiend in die Küche. Der Löffel klirrt auf dem Herd.

Windisch steht in der Küchentür. Sie hebt den Löffel. »Du Hurenbock«, schreit sie. »Ich werd deiner Tochter sagen, was du treibst.«

Über der Teekanne ist eine grüne Blase. Über der Blase steht ihr Gesicht. Windisch geht auf sie zu. Windisch schlägt ihr ins Gesicht. Sie schweigt. Sie senkt den Kopf. Weinend stellt sie die Teekanne auf den Tisch.

Windisch sitzt vor der Teeschale. Der Dunst frißt sein Gesicht. Der Pfefferminz-Dunst zieht in die Küche. Windisch sieht sein Auge im Tee. Der Zucker rieselt aus dem Löffel in sein Auge. Der Löffel steht im Tee.

Windisch trinkt einen Schluck Tee. »Die alte Kroner ist gestorben«, sagt er. Seine Frau bläst in die Schale. Sie hat kleine rote Augen. »Die Ziehglocke läutet«, sagt sie.

Auf ihrer Wange steht ein roter Fleck. Es ist der Fleck von Windischs Hand. Es ist der Fleck vom Dampf des Tees. Es ist der Todesfleck der alten Kroner.

Die Ziehglocke läutet durch die Wände. Die Lampe läutet. Die Decke läutet.

Windisch atmet tief. Er findet seinen Atem auf dem Grund der Schale.

»Wer weiß, wann und wo wir sterben«, sagt Windischs Frau. Sie greift sich ins Haar. Sie wühlt noch eine Strähne auf. Ein Teetropfen rinnt ihr übers Kinn.

Auf der Straße dämmert graues Licht. Die Fenster des Kürschners sind hell. »Heute nachmittag ist das Begräbnis«, sagt Windisch.

DIE VERTRUNKENEN BRIEFE

Windisch fährt in die Mühle. Die Schläuche des Fahrrads quietschen im nassen Gras. Windisch schaut, wie das Rad sich dreht zwischen seinen Knien. Die Zäune ziehen durch den Regen. Die Gärten rauschen. Die Bäume tropfen.

Das Kriegerdenkmal ist grau eingehüllt. Die kleinen Rosen haben braune Ränder.

Die tiefe Stelle ist mit Wasser gefüllt. Der Schlauch des Fahrrads ertrinkt. Das Wasser spritzt über Windischs Hosenbeine. Auf den Pflastersteinen ringeln sich Regenwürmer.

Das Fenster des Tischlers steht offen. Das Bett ist zu. Ist mit einer roten Plüschdecke bedeckt. Die Frau des Tischlers sitzt allein am Tisch. Auf dem Tisch liegt ein Haufen grüner Bohnen.

Der Sargdeckel der alten Kroner steht nicht mehr an der Zimmerwand. Die Mutter des Tischlers lächelt aus dem Bild überm Bett. Sie lächelt aus dem Tod der weißen Dahlie in den Tod der alten Kroner.

Der Fußboden ist kahl. Der Tischler hat die roten Teppiche verkauft. Er hat auch die großen Formulare. Er wartet auf den Paß.

Der Regen fällt Windisch ins Genick. Seine Schultern sind naß.

Die Frau des Tischlers wird mal zum Pfarrer gerufen wegen dem Taufschein, mal zum Milizmann wegen dem Paß.

Der Nachtwächter hat Windisch erzählt, daß der Pfarrer in der Sakristei ein Eisenbett stehen hat. In diesem Bett sucht er mit den Frauen die Taufscheine. »Wenn's gutgeht«, hat der Nachtwächter gesagt »sucht er die Taufscheine fünfmal. Wenn er gründliche Arbeit leistet, sucht er sie zehnmal. Der Milizmann verliert und verlegt bei manchen Familien siebenmal die Gesuche und die Stempelmarken. Er sucht sie mit den Frauen, die auswandern wollen, im Lagerraum der Post, auf der Matratze.«

Der Nachtwächter hat gelacht. »Deine Frau«, hat er zu Windisch gesagt »ist ihm zu alt. Deine Kathi läßt er in Ruh. Aber deine Tochter kommt auch noch dran. Der Pfarrer macht sie katholisch, und der Milizmann macht sie staatenlos. Die Postfrau gibt dem Milizmann den Schlüssel, wenn er im Lagerraum Arbeit hat.«

Windisch hat mit dem Schuh an die Mühlentür getreten. »Das soll er sich erlauben«, hat er gesagt. »Er kriegt Mehl, aber meine Tochter kriegt er nicht.«

»Deshalb kommen unsere Briefe nicht an«, hat der Nachtwächter gesagt. »Die Postfrau nimmt uns die Umschläge ab und das Geld für die Briefmarken. Um das Geld für die Briefmarken kauft sie Schnaps. Und die Briefe liest sie und wirft sie in den Papierkorb. Und wenn der Milizmann nicht gerade Arbeit im Lagerraum hat, sitzt er neben der

Postfrau hinterm Pult und säuft Schnaps. Denn für die Matratze ist die Postfrau ihm zu alt.«

Der Nachtwächter hat seinen Hund gestreichelt. »Hunderte Briefe hat die Postfrau schon vertrunken«, hat er gesagt. »Und Hunderte Briefe hat sie dem Milizmann schon erzählt.«

Windisch sperrt die Mühlentür mit dem großen Schlüssel auf. Er zählt zwei Jahre. Er dreht den kleinen Schlüssel im Schloß. Windisch zählt die Tage. Windisch geht zum Mühlenteich.

Der Teich ist aufgewühlt. Er schlägt Wellen. Die Weiden sind eingemummt in Blätter und Wind. Der Strohschober wirft sein fahrendes, immer bleibendes Bild in den Teich. Um den Schober kriechen Frösche. Sie ziehen die weißen Bäuche durchs Gras.

Der Nachtwächter sitzt am Mühlenteich und hat den Schluckauf. Sein Kehlkopf hüpft aus dem Rock. »Von den blauen Zwiebeln«, sagt er. »Die Russen schneiden die Zwiebeln oben in dünne Scheiben. Sie streuen Salz drauf. Die Zwiebeln öffnen sich vom Salz wie Rosen. Sie lassen Wasser. Klares, helles Wasser. Wie Seerosen sehen sie aus. Die Russen schlagen mit den Fäusten drauf. Ich hab Russen gesehn, die haben sich mit den Fersen auf die Zwiebeln gestellt. Sie haben die Fersen gedreht. Die Russinnen haben die Röcke gehoben und sich auf die Zwiebeln gekniet. Sie haben die Knie gedreht. Wir, die Soldaten, haben die Russinnen an den Hüften angefaßt und mitgedreht.«

Der Nachtwächter hat wäßrige Augen. »Ich hab Zwiebeln gegessen, die warn von den Knien der Russinnen mürb und süß wie Butter«, sagt er. Seine Wangen sind welk. Seine Augen werden jung wie Zwiebelglanz.

Windisch trägt zwei Säcke ans Ufer. Er deckt sie mit einer Plane zu. Der Nachtwächter wird sie in der Nacht zum Milizmann tragen.

Das Schilf wiegt sich. An den Halmen klebt weißer Schaum. »So muß das Spitzenkleid der Tänzerin sein«, denkt Windisch. »Eine Bodenvase kommt mir nicht ins Haus.«

»Überall sind Weiber. Auch im Teich sind Weiber«, sagt der Nachtwächter. Windisch sieht ihre Unterkleider im Schilf. Er geht in die Mühle.

DIE FLIEGE

Die alte Kroner liegt in schwarzen Kleidern im Sarg. Ihre Hände sind mit weißen Schnüren zusammengebunden, damit sie nicht vom Bauch herunter gleiten. Damit sie beten, wenn sie oben ankommen, am Himmelstor.

»Sie ist so schön, als ob sie schlafen würde«, sagt die Nachbarin, die dürre Wilma. Eine Fliege setzt sich auf ihre Hand. Die dürre Wilma bewegt die Finger. Die Fliege setzt sich auf eine kleine Hand neben ihr.

Windischs Frau schüttelt die Regentropfen von ihrem Kopftuch. Durchsichtige Schnüre fallen auf ihre Schuhe. Neben den betenden Frauen stehn Regenschirme. Unter den Stühlen irren Wasserstreifen. Sie schlängeln. Sie glitzern zwischen den Schuhen.

Windischs Frau setzt sich auf den leeren Stuhl neben der Tür. Sie weint aus jedem Auge eine große Träne. Die Fliege setzt sich auf ihre Wange. Die

Träne rollt auf die Fliege herab. Sie fliegt mit feuchtem Flügelrand ins Zimmer. Die Fliege kommt zurückgeflogen. Sie setzt sich auf Windischs Frau. Auf ihren welken Zeigefinger.

Windischs Frau betet und schaut der Fliege zu. Die Fliege kribbelt auf ihrer Haut um den Fingernagel. »Es ist dieselbe Fliege, die unter der Goldamsel gesessen hat. Es ist die Fliege, die sich ins Mehlsieb gesetzt hat«, denkt Windischs Frau.

Windischs Frau findet eine tiefe Stelle im Gebet. Sie seufzt über dieser Stelle. Sie seufzt, daß ihre Hände sich bewegen. Daß die Fliege auf ihrem Fingernagel den Seufzer spürt. Daß die Fliege über ihre Wange ins Zimmer fliegt.

Im leichten Lippensummen betet Windischs Frau ein Bittfüruns-Gebet.

Die Fliege fliegt unter der Decke. Sie summt für die Totenwache ein langes Lied. Ein Lied vom Regenwasser. Ein Lied von der Erde wie ein Grab.

Windischs Frau weint im Summen noch ein paar kleine und gequälte Tränen. Sie läßt sie über die Wange rinnen. Sie läßt sie salzig werden um den Mund.

Die dürre Wilma sucht ihr Taschentuch unter den Stühlen. Sie sucht zwischen den Schuhen. Zwischen den Rinnsalen, die aus den schwarzen Schirmen kriechen.

Die dürre Wilma findet einen Rosenkranz zwischen den Schuhen. Ihr Gesicht ist spitz und klein. »Wem gehört der Rosenkranz«, fragt sie. Niemand schaut sie an. Alle schweigen. »Wer weiß«, seufzt sie, »es waren schon viele da.« Sie steckt den Rosenkranz in die Tasche ihres langen schwarzen Rocks.

Die Fliege setzt sich auf die Wange der alten Kroner. Sie ist was Lebendes auf ihrer toten Haut. Die Fliege summt in ihrem starren Mundwinkel. Die Fliege tanzt auf ihrem harten Kinn.

Hinterm Fenster rauscht der Regen. Die Vorbeterin zuckt die kurzen Wimpern, als rinne der Regen ihr ins Gesicht. Als spüle er ihre Augen fort. Ihre Wimpern, die zerbrochen sind vom Beten. »Es ist ein Wolkenbruch im ganzen Land«, sagt sie. Sie schließt, als rinne ihr der Regen in den Hals, beim Reden schon den Mund.

Die dürre Wilma schaut die Tote an. »Nur im Banat«, sagt sie. »Unser Wetter kommt aus Österreich und nicht aus Bukarest.«

Das Wasser betet auf der Straße. Windischs Frau schnupft an der letzten kleinen Träne. »Die Alten sagen, wem es in den Sarg regnet, der war ein guter Mensch«, sagt sie ins Zimmer.

Überm Sarg der alten Kroner stehn Horthensiensträuße. Sie welken schwer und violett. Der Tod aus Haut und Knochen, der im Sarg liegt, nimmt sie mit. Und das Gebet des Regens nimmt sie mit.

Die Fliege kriecht in den Horthensienknoten ohne Duft.

Der Pfarrer kommt zur Tür herein. Sein Schritt ist schwer, als ob sein Körper voll mit Wasser wär. Der Pfarrer gibt dem Meßdiener den schwarzen Regenschirm und sagt: »Gelobt sei Jesus Christus.« Die Frauen summen, und die Fliege summt.

Der Tischler bringt den Sargdeckel ins Zimmer.

Ein Horthensienblatt zuckt. Halb violett, halb tot fällt er auf die an der weißen Schnur betenden Hände. Der Tischler legt den Sargdeckel auf den

Sarg. Er nagelt den Sarg mit schwarzen Nägeln und mit kurzen Hammerschlägen zu.

Der Totenwagen glänzt. Das Pferd schaut in die Bäume. Der Kutscher legt die graue Decke auf den Pferderücken. »Das Pferd wird sich erkälten«, sagt er zum Tischler.

Der Meßdiener hält den großen Regenschirm über den Kopf des Pfarrers. Der Pfarrer hat keine Beine. Die schwarze Kutte geht auf dem Saum im Schlamm.

Windisch spürt das Wasser in den Schuhen glucksen. Er kennt den Nagel in der Sakristei. Er kennt den langen Nagel, an dem die Kutte hängt. Der Tischler tritt in eine Pfütze. Windisch sieht, wie seine Schnürsenkel ertrinken.

»Die schwarze Kutte hat schon viel gesehn«, denkt Windisch. »Sie hat gesehn, wie der Pfarrer mit den Frauen auf dem Eisenbett die Taufscheine sucht.« Der Tischler fragt etwas. Windisch hört seine Stimme. Windisch versteht nicht, was der Tischler sagt. Windisch hört die Klarinette und die dicke Trommel hinter sich.

Der Nachtwächter trägt um den Hutrand einen Fransenkranz aus Regenschnüren. Auf dem Totenwagen flattert das Leichentuch. Die Horthensiensträuße zittern in den Schlaglöchern. Sie streuen Blätter in den Schlamm. Der Schlamm glitzert unter den Rädern. Der Totenwagen dreht sich im Pfützenglas.

Die Blasmusik ist kalt. Die dicke Trommel klingt dumpf und naß. Überm Dorf gehn die Dächer wasserwärts.

Der Friedhof leuchtet mit weißen Marmorkreuzen. Die Ziehglocke hängt überm Dorf mit ihrer lallenden Zunge. Windisch sieht seinen Hut durch eine Pfütze gehn. »Der Teich wird wachsen«, denkt er. »Der Regen wird die Säcke für den Milizmann ins Wasser reißen.«

Im Grab steht Wasser. Das Wasser ist gelb wie Tee. »Jetzt kann die alte Kroner trinken«, flüstert die dürre Wilma.

Die Vorbeterin stellt ihren Schuh auf eine Margarete, die im Weg zwischen den Gräbern liegt. Der Meßdiener hält den Regenschirm schief. Der Weihrauch zieht in die Erde.

Der Pfarrer läßt eine Handvoll Schlamm auf den Sarg tropfen. »Nimm Erde, die dein ist. Gott nehme, was sein ist«, sagt er. Der Meßdiener singt ein langes nasses »Amen«. Windisch sieht die Backenzähne in seinem Mund.

Das Grundwasser frißt am Leichentuch. Der Nachtwächter hält seinen Hut vor der Brust. Er zerdrückt die Krempe mit der Hand. Der Hut ist faltig. Der Hut ist eingerollt wie eine schwarze Rose.

Der Pfarrer schließt sein Gebetbuch. »Im Jenseits gibt's ein Wiedersehn«, sagt er.

Der Totengräber ist ein Rumäne. Er lehnt die Grabschaufel an den Bauch. Er schlägt das Kreuz auf seine Schultern. Er spuckt in die Hände. Er schaufelt.

Die Blasmusik spielt ein kaltes Trauerlied. Das Lied ist randlos. Der Schneiderlehrling bläst in sein Waldhorn. Er hat weiße Flecken an den blauen Fingern. Er schlüpft in das Lied. Der große, gelbe Trichter steht neben seinem Ohr. Er leuchtet wie der Trichter eines Grammophons. Das Trauerlied zerplatzt, wenn's aus dem Trichter fällt.

Die dicke Trommel brummt. Der Kehlkopf der Vorbeterin hängt zwischen ihren Kopftuchzipfeln. Das Grab füllt sich mit Erde.

Windisch schließt die Augen. Sie schmerzen von den nassen, weißen Marmorkreuzen. Sie schmerzen vom Regen.

Die dürre Wilma geht zum Friedhofstor hinaus. Auf dem Grab der alten Kroner liegen zerrissene Horthensienklumpen. Der Tischler steht am Grab seiner Mutter und weint.

Windischs Frau steht auf der Margarete. »Komm, gehen wir«, sagt sie. Windisch geht neben ihr unter ihrem schwarzen Regenschirm. Der Schirm ist ein großer schwarzer Hut. Windischs Frau trägt den Hut an einem Stiel.

Der Totengräber steht barfuß und allein im Friedhof. Er putzt mit der Grabschaufel seine Gummistiefel.

DER KÖNIG SCHLÄFT

Vor dem Krieg hatte die Musikkapelle des Dorfes in dunkelroten Uniformen am Bahnhof gestanden. Der Bahnhofsgiebel war vollgehängt mit Girlanden aus Feuerlilien, aus Sommerastern und Akazienlaub. Die Leute hatten ihre Sonntagskleider an. Die Kinder trugen weiße Kniestrümpfe. Sie hielten schwere Blumensträuße vor den Gesichtern.

Als der Zug in den Bahnhof eingefahren war, spielte die Musikkapelle einen Marsch. Die Leute klatschten. Die Kinder warfen ihre Blumen in die Luft.

Der Zug war langsam gefahren. Ein junger Mann streckte seinen langen Arm zum Fenster heraus. Er spreizte die Finger und rief: »Ruhe. Seine Majestät, der König, schläft.«

Als der Zug aus dem Bahnhof hinausgefahren war, kam eine Schar weißer Ziegen von der Weide. Die Ziegen gingen den Schienen entlang und fraßen die Blumensträuße.

Die Musikanten waren nach Hause gegangen mit ihrem abgebrochenen Marsch. Die Männer und Frauen waren nach Hause gegangen mit ihrem abgebrochenen Winken. Die Kinder waren nach Hause gegangen mit leeren Händen.

Ein Mädchen, das dem König, nachdem der Marsch zu Ende war, nachdem das Klatschen zu Ende war, ein Gedicht hätte sagen sollen, saß, bis die Ziegen alle Blumensträuße gefressen hatten, allein im Wartesaal und weinte.

EIN GROSSES HAUS

Die Putzfrau wischt den Staub vom Treppengeländer. Sie hat einen schwarzen Fleck auf der Wange und ein violettes Augenlid. Sie weint. »Er hat mich wieder geschlagen«, sagt sie.

Die Kleiderhaken glänzen leer um die Wände des Vorraums. Sie sind ein stachliger Kranz. Die kleinen, schiefgetretenen Pantoffeln stehn in einer schnurgeraden Reihe unter den Haken.

Jedes Kind hat von zu Hause ein Abziehbild in den Kindergarten gebracht. Amalie klebte die Bildchen unter die Haken.

Jedes Kind sucht jeden Morgen sein Auto, seinen Hund, seine Puppe, seine Blume, seinen Ball.

Udo kommt zur Tür herein. Er sucht seine Fahne. Sie ist schwarzrotgold. Udo hängt seinen Mantel an den Haken, über seine Fahne. Er zieht seine Schuhe aus. Er zieht die roten Pantoffeln an. Er stellt die Schuhe unter seinen Mantel.

Udos Mutter arbeitet in der Schokoladenfabrik. Sie bringt Amalie jeden Dienstag Zucker, Butter, Kakao und Schokolade. »Udo kommt noch drei Wochen in den Kindergarten«, sagte sie gestern zu Amalie. »Wir haben die Verständigung für den Paß.«

Die Zahnärztin schiebt ihre Tochter durch die halboffene Tür. Die weiße Baskenmütze hängt wie ein Schneefleck auf dem Haar des Mädchens. Das Mädchen sucht seinen Hund unter den Haken. Die Zahnärztin gibt Amalie einen Nelkenstrauß und eine kleine Schachtel. »Anca ist erkältet«, sagt sie. »Geben Sie ihr bitte um zehn Uhr die Tabletten.«

Die Putzfrau schüttelt den Staublappen durchs Fenster. Die Akazie ist gelb. Der alte Mann kehrt wie jeden Morgen den Gehsteig vor seinem Haus. Die Akazie bläst ihre Blätter in den Wind.

Die Kinder haben ihre Falkenuniformen an. Gelbe Blusen und dunkelblaue Hosen und Faltenröcke. »Heute ist Mittwoch«, denkt Amalie. »Heute ist Falkentag.«

Die Bausteine klappern. Die Kräne summen. Indianer marschieren in Kolonnen vor den kleinen Händen. Udo baut eine Fabrik. Die Puppen trinken Milch aus den Fingern der Mädchen.

Anca hat eine heiße Stirn.

Durch die Decke der Klasse klingt die Hymne. Auf dem Stockwerk darüber singt die große Gruppe.

Die Bausteine liegen aufeinander. Die Kräne schweigen. Die Indianerkolonne steht am Rand des Tisches. Die Fabrik hat kein Dach. Die Puppe mit dem langen Seidenkleid liegt auf dem Stuhl. Sie schläft. Sie hat ein rosiges Gesicht.

Die Kinder stehn der Größe nach im Halbkreis vor dem Katheder. Sie pressen die Handflächen an die Schenkel. Sie heben das Kinn. Ihre Augen werden groß und naß. Sie singen laut.

Die Jungen und Mädchen sind kleine Soldaten. Die Hymne hat sieben Strophen.

Amalie hängt die Landkarte Rumäniens an die Wand.

»Alle Kinder wohnen in Wohnblocks oder in Häusern«, sagt Amalie. »Jedes Haus hat Zimmer. Alle Häuser bilden zusammen ein großes Haus. Dieses große Haus ist unser Land. Unser Vaterland.«

Amalie zeigt auf die Landkarte. »Das ist unser Vaterland«, sagt sie. Sie sucht mit der Fingerspitze die schwarzen Punkte auf der Karte. »Das sind die Städte unseres Vaterlandes«, sagt Amalie. »Die Städte sind die Zimmer dieses großen Hauses, unseres Landes. In unseren Häusern wohnen unser Vater und unsere Mutter. Sie sind unsere Eltern. Jedes Kind hat seine Eltern. So wie unser Vater im Haus, in dem wir wohnen, der Vater ist, ist Genosse Nicolae Ceauşescu der Vater unseres Landes. Und so wie unsere Mutter im Haus, in dem wir wohnen, unsere Mutter ist, ist Genossin Elena Ceauşescu die Mutter unseres Landes. Genosse Nicolae Ceauşescu ist der Vater aller Kinder. Und Genossin Elena

Ceaușescu ist die Mutter aller Kinder. Alle Kinder lieben den Genossen und die Genossin, weil sie ihre Eltern sind.«

Die Putzfrau stellt einen leeren Papierkorb neben die Tür. »Unser Vaterland heißt die Sozialistische Republik Rumänien«, sagt Amalie. »Genosse Nicolae Ceaușescu ist der Generalsekretär unseres Landes, der Sozialistischen Republik Rumänien.«

Ein Junge steht auf. »Mein Vater hat zu Hause eine Weltkugel«, sagt er. Er zeigt mit den Händen die Kugel. Er stößt an die Blumenvase. Die Nelken liegen im Wasser. Seine Falkenbluse ist naß.

Auf dem Tischchen vor ihm liegen Glasscherben. Er weint. Amalie schiebt das Tischchen von ihm weg. Sie darf nicht schrein. Claudius Vater ist der Verwalter des Fleischladens an der Ecke.

Anca legt das Gesicht auf den Tisch. »Wann gehen wir nach Hause«, fragt sie auf rumänisch. Lästig schwimmt das Deutsche ihr am Kopf vorbei. Udo baut ein Dach. »Mein Vater ist der Generalsekretär unseres Hauses«, sagt er.

Amalie schaut auf die gelben Blätter der Akazie. Der alte Mann lehnt wie jeden Tag im offenen Fenster. »Dietmar kauft Kinokarten«, denkt Amalie.

Die Indianer marschieren über den Fußboden. Anca schluckt die Tabletten.

Amalie lehnt am Fensterrahmen. »Wer sagt ein Gedicht«, fragt sie.

»Ich kenn ein Land mit einem Bergesbogen, / In dessen Gipfeln früh der Morgen glüht, / In dessen Wäldern wie durch Meereswogen / Der Frühlingswind erbraust bis alles blüht.«

Claudiu spricht gut deutsch. Claudiu hebt das Kinn. Claudiu spricht deutsch mit der Stimme eines geschrumpften erwachsenen Mannes.

ZEHN LEI

Die kleine Zigeunerin aus dem Nachbardorf drückt ihre grasgrüne Schürze aus. Aus ihrer Hand rinnt Wasser. Ihr Zopf hängt von der Kopfmitte auf ihre Schulter. In den Zopf ist ein rotes Band geflochten. Es hängt am Zopfende heraus wie eine Zunge. Die kleine Zigeunerin steht barfuß, mit schlammigen Zehen vor den Traktoristen.

Die Traktoristen haben kleine, nasse Hüte auf. Auf dem Tisch liegen ihre schwarzen Hände. »Zeig mir«, sagt einer. »Ich geb dir zehn Lei.« Er legt zehn Lei auf den Tisch. Die Traktoristen lachen. Ihre Augen glitzern. Ihre Gesichter sind rot. Ihre Blicke fingern über den langen blumigen Rock. Die Zigeunerin hebt den Rock. Der Traktorist trinkt sein Glas aus. Die Zigeunerin nimmt den Geldschein vom Tisch. Sie ringelt den Zopf um den Finger und lacht.

Windisch riecht den Schnaps und den Schweiß vom Nebentisch. »Den ganzen Sommer haben sie die Pelzleibchen an«, sagt der Tischler. An seinem Daumen hängt Bierschaum. Er taucht den Zeigefinger ins Glas. »Die Drecksau daneben bläst mir Asche ins Bier«, sagt er. Er schaut den Rumänen an, der hinter ihm steht. Der Rumäne hält die Zigarette im Mundwinkel. Sie ist naß von seinem

Speichel. Er lacht. »Nix mehr deutsch«, sagt er. Dann auf rumänisch: »Hier ist Rumänien.«

Der Tischler hat einen gierigen Blick. Er hebt das Glas und trinkt es aus. »Bald habt ihr uns los«, schreit er. Er winkt dem Wirt, der am Tisch der Traktoristen steht. »Noch ein Bier«, ruft er.

Der Tischler wischt sich den Mund mit dem Handrücken ab. »Warst schon beim Gärtner«, fragt er. »Nein«, sagt Windisch. »Weißt, wo das ist«, fragt der Tischler. Windisch nickt: »In der Vorstadt.« »In Fratelia, in der Enescu-Straße«, sagt der Tischler.

Die kleine Zigeunerin zieht an der roten Zunge ihres Zopfs. Sie lacht und dreht sich. Windisch sieht ihre Waden. »Wieviel«, fragt er. »Fünfzehntausend pro Person«, sagt der Tischler. Er nimmt das Bierglas aus der Hand des Wirts. »Ein einstöckiges Haus. Links sind die Glashäuser. Wenn das rote Auto im Hof steht, ist offen. Im Hof hackt einer Holz. Der führt dich ins Haus«, sagt der Tischler. »Nicht läuten. Wenn man läutet, verschwindet der Holzhacker. Er macht nicht mehr auf.«

Die Männer und Frauen, die in der Ecke des Wirtshauses stehn, trinken aus einer Flasche. Ein Mann mit einem zerdrückten, schwarzen Samthut hält ein Kind auf dem Arm. Windisch sieht die kleinen nackten Fußsohlen des Kindes. Das Kind greift nach der Flasche. Es öffnet den Mund. Der Mann drückt ihm den Flaschenhals an den Mund. Das Kind schließt die Augen und trinkt. »Säufer«, sagt der Mann. Er zieht die Flasche weg und lacht. Die Frau neben ihm ißt ein Stück Brotrinde. Sie kaut und trinkt. In der Flasche schaukeln weiße Flocken aus Brot.

»Die stinken nach Stall«, sagt der Tischler. An seinem Finger hängt ein langes braunes Haar.

»Es sind Melker«, sagt Windisch.

Die Frauen singen. Das Kind torkelt vor ihnen und zieht sie an den Röcken.

»Heut ist Gehaltstag«, sagt Windisch. »Drei Tage trinken sie. Dann haben sie wieder nichts.«

»Die Melkerin mit dem blauen Kopftuch wohnt hinter der Mühle«, sagt Windisch.

Die kleine Zigeunerin hebt den Rock. Der Totengräber steht neben seiner Grabschaufel. Er greift in die Tasche. Gibt ihr zehn Lei.

Die Melkerin mit dem blauen Kopftuch singt und erbricht an die Wand.

DER SCHUSS

Die Ärmel der Schaffnerin sind aufgekrempelt. Sie ißt einen Apfel. Auf ihrer Uhr zuckt der Sekundenzeiger. Es ist fünf nach. Die Straßenbahn quietscht.

Ein Kind stößt Amalie über den Koffer einer alten Frau. Amalie läuft.

Dietmar steht vor dem Parkeingang. Sein Mund ist heiß auf Amalies Wange. »Wir haben Zeit«, sagt er. »Die Karten sind von sieben. Die von fünf sind ausverkauft.«

Die Bank ist kalt. Kleine Männer tragen Weidenkörbe mit dürrem Laub durchs Gras.

Dietmar hat eine heiße Zunge. Sie brennt in Amalies Ohr. Amalie schließt die Augen. Dietmars

Atem ist größer als die Bäume in ihrem Kopf. Seine Hand ist kalt unter ihrer Bluse.

Dietmar schließt den Mund. »Ich hab die Einberufung zum Militär«, sagt er. »Mein Vater hat mir den Koffer gebracht.«

Amalie drückt seinen Mund weg von ihrem Ohr. Sie drückt ihm die Hand auf den Mund. »Komm in die Stadt«, sagt sie, »ich frier.«

Amalie lehnt sich an Dietmar. Sie spürt seine Schritte. Sie geht unter seinen Rock geschmiegt wie eine Schulter.

Im Schaufenster liegt eine Katze. Sie schläft. Dietmar klopft an die Scheibe. »Ich muß mir noch Wollsocken kaufen«, sagt er. Amalie ißt einen Kipfel. Dietmar bläst ein Rauchknäul über Amalies Gesicht. »Komm«, sagt Amalie, »ich zeig dir meine Bodenvase.«

Die Tänzerin hebt den Arm über den Kopf. Das weiße Spitzenkleid ist starr hinter der Fensterscheibe.

Dietmar öffnet eine Holztür neben dem Schaufenster. Hinter der Tür ist ein dunkler Gang. Die Dunkelheit riecht nach faulen Zwiebeln. An der Wand stehn drei Mülltonnen wie große Dosen nebeneinander.

Dietmar drückt Amalie auf die Mülltonne. Der Deckel knarrt. Amalie spürt Dietmars stoßendes Glied im Bauch. Sie hält sich an seinen Schultern fest. Im Innenhof redet ein Kind.

Dietmar knöpft seine Hose zu. Aus dem kleinen Fenster hinten im Hof kommt Musik.

Amalie sieht Dietmars Schuhe vorrücken in der Schlange. Eine Hand reißt die Karten durch. Die Platzanweiserin trägt ein schwarzes Kopftuch und ein schwarzes Kleid. Sie knipst die Taschenlampe aus. Die Maiskolben rieseln aus dem langen Hals der Erntemaschine auf den Anhänger des Traktors. Der Vorfilm ist zu Ende.

Dietmars Kopf liegt auf Amalies Schulter. Auf der Leinwand wachsen rote Buchstaben: »Piraten des XX. Jahrhunderts«. Amalie legt ihre Hand auf Dietmars Knie. »Wieder ein russischer Film«, flüstert sie. Dietmar hebt den Kopf. »Wenigstens ein Farbfilm«, sagt er in ihr Ohr.

Grünes Wasser zittert. Grüne Wälder werfen ihr Bild übers Ufer. Das Deck des Schiffes ist breit. Eine schöne Frau hält die Hände auf dem Geländer des Schiffes. Wie Blätter flattert ihr Haar.

Dietmar zerdrückt Amalies Finger in der Hand. Er schaut auf die Leinwand. Die schöne Frau spricht.

»Wir werden uns nicht mehr sehen«, sagt er. »Ich muß zum Militär, und du wanderst aus.« Amalie sieht Dietmars Wange. Sie bewegt sich. Sie spricht. »Ich hab gehört, Rudi wartet auf dich«, sagt Dietmar.

Auf der Leinwand öffnet sich eine Hand. Sie greift in die Rocktasche. Auf der Leinwand steht ein Daumen und ein Zeigefinger. Dazwischen steht ein Revolver.

Dietmar redet. Amalie hört hinter seiner Stimme den Schuß.

DAS WASSER HAT KEINE RUH

»Die Eule ist gelähmt«, sagt der Nachtwächter. Ein Sterbetag mit einem Wolkenbruch ist auch für sie zuviel. Wenn sie heut nacht den Mond nicht sieht, dann wird sie nie mehr fliegen. Wenn sie krepiert, dann wird das Wasser stinken.«

»Die Eulen haben keine Ruh, und das Wasser hat keine Ruh«, sagt Windisch. »Wenn sie krepiert, kommt eine andere Eule ins Dorf. Eine junge, dumme, die sich nicht auskennt. Die setzt sich auf alle Dächer.«

Der Nachtwächter schaut in den Mond. »Dann sterben wieder junge Leute«, sagt er. Windisch sieht, daß die Luft vor seinem Gesicht dem Nachtwächter gehört. Die Stimme reicht ihm für einen müden Satz. »Dann ist es wieder wie im Krieg«, sagt er.

»Die Frösche quaken in der Mühle drin«, sagt der Nachtwächter.

Sie machen den Hund verrückt.

DER BLINDE HAHN

Windischs Frau sitzt auf dem Bettrand. »Heute waren zwei Männer da«, sagt sie. »Sie haben die Hühner gezählt und aufgeschrieben. Sie haben acht Hühner gefangen und mitgenommen. Sie haben sie in Drahtkäfige gesperrt. Der Anhänger des Traktors war voll mit Hühnern.« Windischs Frau seufzt. »Ich hab unterschrieben«, sagt sie. »Auch für vierhundert Kilo Mais und hundert Kilo Kartoffeln. Das nehmen sie später, haben sie gesagt. Die fünfzig Eier hab ich ihnen gleich gegeben. Sie sind in Gummistiefeln in den Garten gegangen. Sie haben vor der Scheune den Klee gesehn. Nächstes Jahr müssen wir da Zuckerrüben anbaun, haben sie gesagt.«

Windisch hebt den Deckel vom Topf. »Und die Nachbarn«, fragt er. »Bei denen waren sie nicht«, sagt Windischs Frau. Sie legt sich ins Bett und deckt sich zu. »Sie haben gesagt, die Nachbarn haben acht kleine Kinder, und wir haben eins, das Geld verdient.«

Im Topf ist Blut und Leber. »Ich hab den großen, weißen Hahn schlachten müssen«, sagt Windischs Frau. »Die zwei Männer sind im Hof herumgelaufen. Der Hahn hat sich erschreckt. Er ist an den Zaun geflattert und hat sich den Kopf angeschlagen. Als sie weg waren, war er blind.«

Im Topf schwimmen Zwiebelringe über fetten Augen. »Und du hast gesagt, den großen, weißen Hahn behalten wir, damit wir im nächsten Jahr große, weiße Hühner kriegen«, sagt Windisch. »Und du hast gesagt, was weiß ist, ist auch empfindlich. Und du hast recht gehabt«, sagt Windischs Frau.

Der Schrank knistert.

»Als ich zur Mühle gefahren bin, bin ich am Heldenkreuz abgestiegen«, sagt Windisch im Dunkeln. »Ich wollte in die Kirche gehn und beten. Die Kirche war zugesperrt. Ich hab mir gedacht, das ist ein schlechtes Zeichen. Der heilige Antonius steht gleich hinter der Tür. Sein dickes Buch ist braun. Es ist wie ein Paß.«

Windisch träumt in der warmen dunklen Luft des Zimmers, daß sich der Himmel auftut. Die Wolken fliegen aus dem Dorf hinaus. Durch den leeren Himmel fliegt ein weißer Hahn. Er schlägt sich den Kopf an einer dürren Pappel an, die auf der Wiese steht. Er sieht nicht. Er ist blind. Windisch steht am Rand eines Sonnenblumenfelds. Er ruft: »Der Vogel ist blind.« Der Schall seiner Stimme kommt als die Stimme seiner Frau zurück. Windisch geht ins tiefe Sonnenblumenfeld hinein und schreit: »Ich such dich nicht, weil ich weiß, daß du nicht hier bist.«

DAS ROTE AUTO

Die Holzbaracke ist ein schwarzes Quadrat. Aus dem Blechrohr kriecht Rauch. Er kriecht in die nasse Erde. Die Barackentür steht offen. Ein Mann in einem blauen Arbeitsanzug sitzt in der Baracke auf der Holzbank. Auf dem Tisch steht eine Blechschale. Sie dampft. Der Mann schaut Windisch nach.

Der Kanaldeckel ist weggeschoben. Im Kanal steht ein Mann. Windisch sieht seinen Kopf mit dem gelben Helm über der Erde. Windisch geht am Kinn des Mannes vorbei. Der Mann schaut Windisch nach.

Windisch steckt die Hände in die Manteltaschen. Er spürt das Geldbündel in der Innentasche des Rocks.

Die Glashäuser stehn auf der linken Seite des Hofs. Ihre Scheiben sind angehaucht. Der Hauch schluckt das Geäst. Die Rosen brennen rot im Dunst. Das rote Auto steht mitten im Hof. Neben dem Auto liegen Holzscheite. An der Wand des Hauses ist gehacktes Holz gestapelt. Die Axt liegt neben dem Auto.

Windisch geht langsam. Er zerknüllt die Straßenbahnkarte in der Manteltasche. Er spürt durch die Schuhe den nassen Asphalt.

Windisch schaut sich um. Der Holzhacker steht nicht im Hof. Der Kopf mit dem gelben Helm schaut Windisch nach.

Der Zaun ist zu Ende. Windisch hört Stimmen im nächsten Haus. Ein Gartenzwerg schleppt einen Horthensienstrauch. Er hat eine rote Mütze auf. Ein schneeweißer Hund läuft im Kreis und bellt. Windisch schaut die Straße runter. Die Straßenbahnschienen laufen ins Leere. Zwischen den Schienen wächst Gras. Es hat schwarze Blätter vom Öl, ist klein und geknickt, vom Quietschen der Bahn und vom Schreien der Schienen.

Windisch kehrt um. Der Kopf mit dem gelben Helm taucht unter im Kanal. Der Mann im blauen Arbeitsanzug stellt einen Besen an die Barackenwand. Der Gartenzwerg hat eine grüne Schürze an. Der Horthensienstrauch zittert. Der schneeweiße Hund steht am Zaun und schweigt. Der schneeweiße Hund schaut Windisch nach.

Aus dem Blechrohr der Baracke quillt Rauch. Der Mann im blauen Arbeitsanzug kehrt den Schlamm um die Baracke. Er schaut Windisch nach.

Die Fenster des Hauses sind zu. Die weißen Vorhänge machen die Augen blind. Über den Zaun sind zwei Reihen Stacheldraht an rostige Haken gespannt. Das gestapelte Holz hat weiße Enden. Es ist frisch gehackt. Die Axt glänzt an der Schneide. Das rote Auto steht mitten im Hof. Die Rosen blühn im Dunst.

Windisch geht wieder am Kinn des Mannes mit dem gelben Helm vorbei.

Der Stacheldraht ist zu Ende. Der Mann im blauen Arbeitsanzug sitzt in der Baracke. Er schaut Windisch nach.

Windisch kehrt um. Er steht vor dem Tor.

Windisch öffnet den Mund. Der Kopf mit dem gelben Helm steht über der Erde. Windisch friert. Er hat keine Stimme im Mund.

Die Straßenbahn rauscht. Ihre Scheiben sind angehaucht. Der Schaffner schaut Windisch nach.

Am Torpfosten ist die Glocke. Sie hat eine weiße Fingerspitze. Windisch drückt drauf. Es läutet in seinem Finger. Es läutet im Hof. Es läutet von weitem im Haus. Hinter den Wänden ist das Läuten dumpf wie eingegraben.

Windisch drückt fünfzehnmal auf die weiße Fingerspitze. Windisch zählt. Die schrillen Töne in seinem Finger, die lauten Töne im Hof, die eingegrabenen Töne im Haus fallen ineinander.

Der Gärtner ist im Glas, ist im Zaun, ist in den Wänden eingegraben.

Der Mann im blauen Arbeitsanzug spült die Blechschale aus. Er schaut. Windisch geht am Kinn des Mannes mit dem gelben Helm vorbei. Windisch geht mit dem Geld im Rock den Schienen nach.

Windischs Füße schmerzen vom Asphalt.

Windisch fährt von der Mühle nach Haus. Der Mittag ist größer als das Dorf. Die Sonne versengt ihre Bahn. Die tiefe Stelle ist rissig und dürr.

Windischs Frau kehrt den Hof. Um ihre Zehen liegt Sand wie Wasser. Wellenkreise, die sich nicht bewegen, stehen um den Besen. »Es ist noch Sommer, und die Akazien werden gelb«, sagt Windischs Frau. Windisch knöpft sein Hemd auf. »Es kommt ein harter Winter«, sagt er, »wenn die Bäume schon im Sommer dürr sind.«

Die Hühner drehn die Köpfe unter ihre Flügel. Sie suchen mit den Schnäbeln ihren eignen Schatten, der nicht kühlt. Die gefleckten Schweine des Nachbarn wühlen in den wilden, weißblühenden Möhren hinterm Zaun. Windisch schaut durch den Draht. »Die geben diesen Schweinen nichts zum Fressen«, sagt er. »Walachisches Gesindel. Die wissen nicht mal, wie man Schweine füttert.«

Windischs Frau hält den Besen vor dem Bauch. »Die bräuchten Ringe in die Nasen«, sagt sie. »Die wühlen noch das Haus um, bis der Winter kommt.«

Windischs Frau trägt den Besen in den Schuppen. »Die Postfrau war da«, sagt sie. »Sie hat gerülpst und nach Schnaps gestunken. Der Milizmann bedankt sich für das Mehl, hat sie gesagt, und Amalie soll am Sonntagmorgen in Audienz kommen. Sie soll ein Gesuch mitbringen und um sechzig Lei Stempelmarken.«

Windisch beißt sich auf die Lippen. Seine Mundhöhle wächst ihm ins Gesicht hinauf, in die Stirn. »Was nützt der Dank«, sagt er.

Windischs Frau hebt den Kopf. »Ich hab's gewußt«, sagt sie, »mit deinem Mehl kommst du nicht weit.« »Soweit«, schreit Windisch in den Hof, »daß meine Tochter zur Matratze wird.« Er spuckt in den Sand: »Pfui Teufel, diese Schande.« Ein Speicheltropfen hängt an seinem Kinn.

»Mit pfui Teufel kommst du auch nicht weit«, sagt Windischs Frau. Ihre Backenknochen sind zwei rote Steine. »Jetzt geht's nicht um die Schande«, sagt sie, »jetzt geht es um den Paß.«

Windisch schlägt mit der Faust die Schuppentür zu. »Du mußt es ja wissen«, schreit er, »aus Rußland mußt du es wissen. Dort ist es dir auch nicht um die Schande gegangen.«

»Du bist ein Schwein«, schreit Windischs Frau. Die Schuppentür geht auf und zu, als wär der Wind im Holz. Windischs Frau sucht mit der Fingerspitze ihren Mund. »Wenn der Milizmann sieht, daß unsere Amalie noch Jungfrau ist, wird ihm die Lust vergehn«, sagt sie.

Windisch lacht. »Jungfrau, wie du Jungfrau warst, im Friedhof, damals, nach dem Krieg«, sagt er. »In Rußland sind die Leute verhungert, und du hast vom Huren gelebt. Und nach dem Krieg hättest du weiter gehurt, wenn ich dich nicht geheiratet hätt.«

Windischs Frau läßt ihren Mund halboffen stehn. Sie hebt die Hand. Sie streckt den Zeigefinger aus in der Luft. »Du machst alle Leute schlecht«, schreit sie, »weil du selbst nicht gut bist und nicht ganz im Kopf.« Sie geht mit den zerrißnen Fersen durch den Sand.

Windisch geht hinter ihren Fersen her. In der Veranda bleibt sie stehn. Sie hebt die Schürze hoch und wischt mit der Schürze den leeren Tisch ab. »Beim Gärtner hast du etwas falsch gemacht«, sagt sie. »Alle Leute dürfen rein. Alle kümmern sich um den Paß. Nur du nicht, weil du so gescheit und ehrlich bist.«

Windisch geht ins Vorzimmer. Der Kühlschrank summt. »Den ganzen Vormittag war kein Strom«, sagt Windischs Frau. »Der Kühlschrank ist aufgetaut. Das Fleisch verdirbt, wenn das so weitergeht.«

Auf dem Kühlschrank liegt ein Briefumschlag. »Die Postfrau hat einen Brief gebracht«, sagt Windischs Frau. »Der Kürschner hat geschrieben.«

Windisch liest den Brief. »Rudi kommt im Brief nicht vor«, sagt Windisch. »Er wird wieder im Sanatorium sein.«

Windischs Frau schaut in den Hof. »Er läßt Amalie grüßen. Warum schreibt er nicht selbst.«

»Diesen einen Satz hat er geschrieben«, sagt Windisch. »Diesen Satz mit PS.« Windisch legt den Brief auf den Kühlschrank.

»Was heißt PS«, fragt Windischs Frau.

Windisch zuckt die Schultern. »Früher hieß es Pferdestärke«, sagt er. »Das wird ja ein Geheimwort sein.«

Windischs Frau steht auf der Türschwelle. »So ist das, wenn die Kinder Schulen haben«, seufzt sie.

Windisch steht im Hof. Die Katze liegt auf den Steinen. Sie schläft. Sie ist mit Sonne zugedeckt. Ihr Gesicht ist tot. Ihr Bauch hält einen schwachen Atem unterm Fell.

Windisch sieht das Haus des Kürschners drüben im Mittag stehn. Es hat von der Sonne einen gelben Glanz.

»Das Haus des Kürschners soll ein Bethaus werden für die walachischen Baptisten«, sagt der Nachtwächter zu Windisch vor der Mühle. »Die mit den kleinen Hüten sind Baptisten. Sie jaulen, wenn sie beten. Und ihre Frauen stöhnen, wenn sie Kirchenlieder singen, als wären sie im Bett. Sie kriegen dicke Augen wie mein Hund.«

Der Nachtwächter flüstert, obwohl nur Windisch und sein Hund neben dem Teich am Ufer stehen. Er schaut in die Nacht, ob nicht ein Schatten kommt, der hört und sieht. »Bei denen gibt's nur Brüder und Schwestern«, sagt er. »An ihren Feiertagen paaren sie sich. Jeder mit jedem, den er im Dunkeln erwischt.«

Der Nachtwächter schaut einer Wasserratte nach. Die Ratte schreit mit der Stimme eines Kindes und wirft sich ins Schilf. Der Hund hört das Flüstern des Nachtwächters nicht. Er steht am Ufer und bellt der Ratte nach. »Im Bethaus auf dem Teppich treiben sie's«, sagt der Nachtwächter. »Darum haben sie so viele Kinder.«

Windisch spürt vom Wasser des Teiches und vom Flüstern des Nachtwächters in der Nase und in der Stirn einen brennenden, salzigen Schnupfen. Und auf der Zunge hat Windisch ein Loch vom Staunen und Schweigen.

»Diese Religion kommt aus Amerika«, sagt der Nachtwächter. Windisch atmet durch den salzigen Schnupfen. »Das liegt überm Wasser.«

»Der Teufel geht auch übers Wasser«, sagt der Nachtwächter. »Die haben den Teufel im Leib.

Auch mein Hund kann sie nicht leiden. Er bellt ihnen nach. Die Hunde riechen den Teufel.«

Das Loch auf Windischs Zunge füllt sich langsam. »Der Kürschner hat immer gesagt«, sagt Windisch, »in Amerika sind die Juden am Ruder.« »Ja«, sagt der Nachtwächter, »die Juden verderben die Welt. Die Juden und die Weiber.«

Windisch nickt. Er denkt an Amalie. »Jeden Samstag, wenn sie nach Haus kommt«, denkt er, »muß ich zusehen, wie sie die Fußspitzen beim Gehen seitlich auf die Erde stellt.«

Der Nachtwächter ißt den dritten grünen Apfel. Seine Rocktasche ist voll mit grünen Äpfeln. »Das mit den Weibern in Deutschland stimmt«, sagt Windisch. »Der Kürschner hat's geschrieben. Die Schlechteste von hier ist immer noch mehr wert als die Beste von dort.«

Windisch schaut in die Wolken. »Die Weiber gehn nach der neuesten Mode«, sagt Windisch. »Die würden am liebsten nackt auf die Straße gehn. Schon in der Schule lesen die Kinder Zeitschriften mit nackten Weibern, schreibt der Kürschner.«

Der Nachtwächter wühlt in den grünen Äpfeln seiner Rocktasche. Der Nachtwächter spuckt den Bissen aus. »Seit diesem Wolkenbruch ist der Wurm im Obst«, sagt er. Der Hund leckt am ausgespuckten Apfelbissen. Er frißt den Wurm.

»An diesem ganzen Sommer ist was faul«, sagt Windisch. »Meine Frau kehrt jeden Tag den Hof. Die Akazien werden dürr. In unsrem Hof stehn keine. Bei den Walachen stehn drei im Hof. Sie sind noch lang nicht kahl. Und in unserem Hof liegen täglich gelbe Blätter für zehn Bäume. Meine Frau weiß nicht, woher die vielen Blätter kommen.

So viele dürre Blätter hat's in unsrem Hof noch nie gegeben.« »Der Wind bringt sie«, sagt der Nachtwächter. Windisch sperrt die Mühlentür zu.

»Es geht kein Wind«, sagt er. Der Nachtwächter spreizt die Finger in der Luft: »Der Wind geht immer, auch wenn man ihn nicht spürt.«

»Auch in Deutschland trocknen mitten im Jahr die Wälder aus«, sagt Windisch.

»Der Kürschner hat es geschrieben«, sagt er. Er schaut in den breiten, niedrigen Himmel. »Sie haben sich in Stuttgart angesiedelt. Rudi ist in einer anderen Stadt. Der Kürschner schreibt nicht, wo. Der Kürschner und seine Frau haben eine Sozialwohnung mit drei Zimmern bekommen. Sie haben eine Küche mit Sitzecke und ein Badezimmer mit Spiegelwänden.«

Der Nachtwächter lacht. »In dem Alter hat ein Mensch noch Lust, nackt in den Spiegel zu schaun«, sagt der Nachtwächter.

»Möbel haben sie geschenkt bekommen von reichen Nachbarn«, sagt Windisch. »Und einen Fernseher dazu. Neben ihnen wohnt eine alleinstehende Frau. Die Alte ist eine zimperliche Dame, schreibt der Kürschner, die ißt kein Fleisch. Davon müsse sie sterben, hat sie gesagt.«

»Denen geht's zu gut«, sagt der Nachtwächter. »Die sollen nach Rumänien kommen, dann essen sie alles.«

»Der Kürschner hat eine schöne Rente«, sagt Windisch. »Seine Frau ist Raumpflegerin in einem Altersheim. Dort ist gute Kost. Wenn einer von den Alten Geburtstag hat, wird getanzt.«

Der Nachtwächter lacht. »Das wär was für mich«, sagt er. »Gute Kost und ein paar junge Weiber.«

Er beißt ins Gehäuse eines Apfels. Die weißen Kerne fallen auf seinen Rock. »Ich weiß nicht«, sagt er, »ich kann mich nicht entschließen, einzureichen.«

Windisch sieht die stehende Zeit im Gesicht des Nachtwächters. Windisch sieht das Ende auf den Wangen des Nachtwächters und daß der Nachtwächter dableibt, über das Ende hinaus.

Windisch schaut ins Gras. Seine Schuhe sind weiß vom Mehl. »Wenn man mal angefangen hat«, sagt er, »dann geht's von selbst.«

Der Nachtwächter seufzt. »Wenn man allein ist, ist das schwer«, sagt er. »Es dauert lange, und wir werden älter und nicht jünger.«

Windisch legt die Hand aufs Hosenbein. Seine Hand ist kalt, und sein Schenkel ist warm. »Hier wird's immer schlimmer«, sagt er. »Sie nehmen uns die Hühner, die Eier. Sie nehmen uns sogar den Mais, der noch nicht einmal gewachsen ist. Das Haus werden sie dir auch noch nehmen, und den Hof.«

Der Mond ist groß. Windisch hört die Ratten ins Wasser gehn. »Ich spür den Wind«, sagt er. »In meinen Beinen tun die Knoten weh. Es muß bald regnen.«

Der Hund steht am Strohschober und bellt. »Der Wind aus dem Tal bringt keinen Regen«, sagt der Nachtwächter, »nur Wolken und Staub.« »Vielleicht kommt ein Sturm«, sagt Windisch, »der reißt wieder das Obst von den Bäumen.«

Der Mond ist rot überzogen.

»Und Rudi«, fragt der Nachtwächter.

»Der ruht sich aus«, sagt Windisch. Er spürt, wie die Lüge auf seinen Wangen brennt. »In Deutschland ist das mit dem Glas nicht so wie hier. Der Kürschner schreibt, wir sollen unser Kristallglas mitbringen. Unser Porzellan und unsere Federn für die Kissen. Damast und Unterwäsche nicht, schreibt er. Das gibt's dort in Hülle und Fülle. Pelze sind sehr teuer. Pelze und Brillen.«

Windisch kaut an einem Grashalm. »Der Anfang ist nicht leicht«, sagt Windisch.

Der Nachtwächter bohrt mit der Fingerspitze im Backenzahn. »Arbeiten muß man auf der ganzen Welt«, sagt er.

Windisch schnürt den Grashalm um den Zeigefinger: »Eines ist schwer, schreibt der Kürschner. Eine Krankheit, die wir alle kennen aus dem Krieg. Das Heimweh.«

Der Nachtwächter hält einen Apfel in der Hand. »Ich würde kein Heimweh kriegen«, sagt er. »Dort ist man doch nur unter Deutschen.«

Windisch bindet Knoten in den Grashalm. »Dort sind mehr Fremdnationen als hier, schreibt der Kürschner. Dort sind Türken und Neger. Die vermehren sich rasch«, sagt Windisch.

Windisch zieht den Grashalm durch die Zähne. Der Grashalm ist kalt. Sein Zahnfleisch ist kalt. Windisch hält den Himmel im Mund. Den Wind und den Himmel der Nacht. Der Grashalm zerreißt zwischen seinen Zähnen.

DER KOHLWEISSLING

Amalie steht vor dem Spiegel. Ihr Unterkleid ist rosa. Unter Amalies Nabel wachsen weiße Spitzen. Windisch sieht über Amalies Knie die Haut durch die Löcher der Spitzen. Amalies Knie ist fein behaart. Ihr Knie ist weiß und rund. Im Spiegel sieht Windisch Amalies Knie noch einmal. Er sieht die Löcher der Spitzen ineinanderschwimmen.

Im Spiegel stehn die Augen von Windischs Frau. In Windischs Augen sind die Spitzen von den schnell schlagenden Lidern in die Schläfen gejagt. In Windischs Augenwinkel quillt eine rote Ader. Sie reißt die Spitzen ab. Windischs Auge dreht den Riß in der Pupille.

Das Fenster steht offen. Die Blätter des Apfelbaums stehn in den Scheiben.

Windischs Lippen brennen. Sie sagen was. Was sie sagen, ist im Zimmer nur ein Reden mit sich selbst. In die eigene Stirn.

»Er redet mit sich selbst«, sagt Windischs Frau in den Spiegel.

Durchs Fenster fliegt ein Kohlweißling ins Zimmer. Windisch schaut ihm nach. Mehl und Wind ist sein Flug.

Windischs Frau greift in den Spiegel. Sie zupft mit welken Fingern auf Amalies Schulter die Träger ihres Unterkleids zurecht.

Der Kohlweißling flattert über Amalies Kamm. Amalie zieht den Kamm mit viel zu langem Arm durchs Haar. Sie bläst den Kohlweißling fort mit seinem Mehl. Er setzt sich auf den Spiegel. Er torkelt auf dem Glas über Amalies Bauch.

Windischs Frau drückt die Fingerspitze aufs Glas. Sie zerquetscht den Kohlweißling auf dem Spiegelglas.

Amalie sprüht zwei große Wolken unter ihre Achselhöhlen. Die Wolken rinnen unter ihren Armen ins Unterkleid. Die Spraydose ist schwarz. Mit grellen grünen Buchstaben steht auf der Dose *Irischer Frühling*.

Windischs Frau hängt ein rotes Kleid auf die Stuhllehne. Sie stellt weiße Sandalen mit hohen Absätzen und schmalen Riemen unter den Stuhl. Amalie öffnet ihre Handtasche. Sie tupft mit der Fingerspitze Lidschatten auf ihre Lider. »Nicht zu grell«, sagt Windischs Frau, »sonst reden die Leute.« Ihr Ohr steht im Spiegel. Es ist groß und grau. Amalies Lider sind wasserblau. »Es reicht«, sagt Windischs Frau. Amalies Wimperntusche ist aus Ruß. Amalie hält das Gesicht ganz nahe vor den Spiegel. Ihr Augenaufschlag ist aus Glas.

Aus Amalies Handtasche fällt ein Stanniolstreifen auf den Teppich. Er ist voll mit runden weißen Warzen. »Was hast du da«, fragt Windischs Frau. Amalie bückt sich und steckt den Streifen in die Tasche. »Die Pille«, sagt sie. Sie dreht den Lippenstift aus der schwarzen Hülle.

Windischs Frau stellt ihre Backenknochen in den Spiegel. »Wozu brauchst du Pillen«, fragt sie, »du bist doch nicht krank.«

Amalie zieht das rote Kleid über den Kopf. Ihre Stirn schlüpft aus dem weißen Kragen raus. Mit den Augen unterm Kleid sagt Amalie: »Ich nehm sie für alle Fälle.«

Windisch drückt seine Hände an die Schläfen. Er geht aus dem Zimmer. Er setzt sich in die Veranda, an den leeren Tisch. Das Zimmer ist dunkel. Es ist ein Schattenloch an der Wand. Die Sonne knistert in den Bäumen. Nur der Spiegel glänzt. Im Spiegel steht Amalies roter Mund.

Vor dem Haus des Kürschners gehn kleine, alte Weiber. Der Schatten ihrer schwarzen Kopftücher geht ihnen voraus. Der Schatten wird vor den kleinen, alten Weibern in der Kirche sein.

Amalie geht auf weißen Absätzen über die Pflastersteine. Sie hält das Gesuch viereckig gefaltet wie eine weiße Brieftasche in der Hand. Ihr rotes Kleid schaukelt um ihre Waden. Der irische Frühling fliegt in den Hof. Amalies Kleid ist unterm Apfelbaum dunkler als in der Sonne.

Windisch sieht, wie Amalie beim Gehen die Fußspitzen seitlich auf die Erde stellt.

Eine Strähne von Amalies Haar fliegt übers Gassentor. Das Tor schnappt zu.

DAS HOCHAMT

Windischs Frau steht im Hof hinter den schwarzen Trauben. »Gehst du nicht ins Hochamt«, fragt sie. Die Beeren wachsen aus ihren Augen. Die grünen Blätter wachsen aus ihrem Kinn.

»Ich geh nicht aus dem Haus«, sagt Windisch, »damit die Leute mir nicht sagen können: jetzt ist deine Tochter dran.«

Windisch stellt die Ellbogen auf den Tisch. Seine Hände sind schwer. Windisch legt sein Gesicht in die schweren Hände. Die Veranda wächst nicht. Es ist heller Tag. Die Veranda fällt einen Augenblick an die Stelle, wo sie noch nie war. Windisch spürt den Stoß. In seinen Rippen hängt ein Stein.

Windisch schließt seine Augen. Er spürt seine Augäpfel in den Händen. Seine Augen ohne Gesicht.

Mit nackten Augen und mit dem Stein in den Rippen sagt Windisch laut: »Der Mensch ist ein großer Fasan auf der Welt.« Was Windisch hört, ist nicht seine Stimme. Er spürt seinen nackten Mund. Und gesprochen haben die Wände.

DIE BRENNENDE KUGEL

Die gefleckten Schweine des Nachbarn liegen in den wilden Möhren und schlafen. Die schwarzen Weiber kommen aus der Kirche. Die Sonne glänzt. Sie hebt sie über den Gehsteig in ihren kleinen schwarzen Schuhn. Sie haben mürbe Hände von den Rosenkränzen. Ihr Blick ist noch verklärt vom Beten.

Über das Dach des Kürschners schlägt die Kirchenglocke mitten in den Tag. Die Sonne ist die große Uhr über dem Mittagläuten. Das Hochamt ist zu Ende. Der Himmel ist heiß.

Hinter den kleinen, alten Weibern ist der Gehsteig leer. Windisch schaut den Häusern entlang. Er sieht das Ende der Straße. »Amalie müßte kommen«, denkt er. Im Gras stehen Gänse. Sie sind weiß wie Amalies weiße Sandalen.

Die Träne liegt im Schrank. »Amalie hat sie nicht gefüllt«, denkt Windisch. »Immer, wenn es regnet, ist Amalie nicht zu Haus. Immer ist sie in der Stadt.«

Der Gehsteig bewegt sich im Licht. Die Gänse segeln. Sie haben weiße Tücher in den Flügeln. Amalies schneeweiße Sandalen gehen nicht durchs Dorf.

Die Schranktür knarrt. Die Flasche gluckst. Windisch hält eine nasse brennende Kugel auf der Zunge. Die Kugel rollt ihm durch den Hals. In Windischs Schläfen flackert ein Feuer. Die Kugel löst sich auf. Sie zieht heiße Fäden durch Windischs Stirn. Sie drückt verzackte Rinnen wie Scheitel durch sein Haar.

Die Mütze des Milizmanns dreht sich um den Spiegelrand. Seine Schulterklappen blinken. Die Knöpfe seines blauen Rocks wachsen in die Spiegelmitte. Über dem Rock des Milizmanns steht Windischs Gesicht.

Windischs Gesicht steht einmal groß und überlegen überm Rock. Zweimal lehnt Windischs Gesicht klein und verzagt über den Schulterklappen. Der Milizmann lacht zwischen Windischs Wangen in Windischs großem, überlegenem Gesicht. Er sagt mit nassen Lippen: »Mit deinem Mehl kommst du nicht weit.«

Windisch hebt die Fäuste. Der Rock des Milizmanns zersplittert. Windischs großes, überlegenes Gesicht hat einen Blutfleck. Windisch schlägt die beiden kleinen, verzagten Gesichter über den Schulterklappen tot.

Windischs Frau kehrt stumm den zerbrochenen Spiegel zusammen.

DER SAUGFLECK

Amalie steht in der Zimmertür. Auf den Splittern sind rote Flecken. Windischs Blut ist röter als Amalies Kleid.

Der irische Frühling hängt im letzten Hauch an Amalies Waden. Der Saugfleck an Amalies Hals ist röter als ihr Kleid. Amalie zieht die weißen Sandalen aus. »Kommt essen«, sagt Windischs Frau.

Die Suppe dampft. Amalie sitzt im Nebel. Sie hält den Löffel mit den roten Fingerspitzen. Sie schaut in die Suppe. Der Dampf bewegt ihre Lippen. Sie bläst. Windischs Frau setzt sich seufzend in die graue Wolke vor den Teller.

Durchs Fenster rauschen die Blätter der Bäume. »Sie fliegen in den Hof«, denkt Windisch. »Blätter für zehn Bäume fliegen in den Hof.«

Windisch schaut an Amalies Ohrmuschel vorbei. Sie ist ein Teil von seinem Blick. Ist rötlich und gefaltet wie ein Augenlid.

Windisch schluckt eine weiche weiße Nudel. Sie legt sich in seinen Hals. Windisch legt den Löffel auf den Tisch und hustet. Seine Augen füllen sich mit Wasser.

Windisch erbricht die Suppe in die Suppe. Seine Mundhöhle ist sauer. Sie steigt ihm in die Stirn. Die Suppe im Teller ist trüb von der erbrochenen Suppe.

Windisch sieht in der Suppe im Teller einen weiten Hof. Im Hof ist ein Sommerabend.

DIE SPINNE

Windisch hatte mit Barbara am Samstagabend vor dem tiefen Trichter des Grammophons in den Sonntag getanzt. Sie redeten im Walzerschritt vom Krieg.

Unter dem Quittenbaum flackerte ein Petroleumlicht. Es stand auf einem Stuhl.

Barbara hatte einen dünnen Hals. Windisch tanzte mit ihrem dünnen Hals. Barbara hatte einen bleichen Mund. Windisch hing an ihrem Atem. Er schaukelte. Das Schaukeln war ein Tanz.

Unterm Quittenbaum war Barbara eine Spinne ins Haar gefallen. Windisch sah die Spinne nicht. Er lehnte an Barbaras Ohr. Er hörte das Lied aus dem Trichter durch ihren dicken schwarzen Zopf. Er spürte ihren harten Kamm.

Vor der Petroleumlampe leuchteten Barbaras grüne Kleeblätter aus beiden Ohrgehängen. Barbara drehte sich. Das Drehen war ein Tanz.

Barbara spürte die Spinne am Ohr. Sie erschrak. Barbara schrie: »Ich sterb.«

Der Kürschner tanzte im Sand. Er tanzte vorbei. Er lachte. Er nahm die Spinne von Barbaras Ohr. Er warf sie in den Sand. Er zertrat sie mit dem Schuh. Das Zertreten war ein Tanz.

Barbara hatte sich an den Quittenbaum gelehnt. Windisch hielt ihre Stirn.

Barbara griff sich ans Ohr. Das grüne Kleeblatt hing nicht an ihrem Ohr. Barbara suchte es nicht. Barbara tanzte nicht mehr. Sie weinte. »Ich wein nicht um das Ohrgehänge«, sagte sie.

Später, viele Tage später hatte Windisch mit Barbara im Dorf auf einer Bank gesessen. Barbara hatte einen dünnen Hals. Ein grünes Kleeblatt leuchtete. Das andere Ohr war dunkel in der Nacht.

Windisch fragte zag nach jenem zweiten Ohrgehänge. Barbara schaute ihn an. »Wo hätt ich's suchen sollen«, sagte sie. »Die Spinne hat es mitgenommen in den Krieg. Die Spinnen fressen Gold.«

Barbara ist nach dem Krieg der Spinne nachgegangen. In Rußland hat der Schnee, als er zum zweitenmal geschmolzen ist, sie mitgenommen.

DAS SALATBLATT

Amalie leckt an einem Hühnerknochen. In ihrem Mund raschelt der Salat. Windischs Frau hält einen Hühnerflügel vor dem Mund. »Er hat den ganzen Schnaps gesoffen«, sagt sie. Sie knatscht an der gelben Haut: »Aus Gram.«

Amalie sticht mit den Gabelzinken in ein Salatblatt. Sie hält das Blatt vor den Mund. Das Blatt zittert von ihrer Stimme. »Mit deinem Mehl kommst du nicht weit«, sagt sie. Ihre Lippen beißen sich wie eine Raupe am Salatblatt fest.

»Die Männer müssen trinken, weil sie leiden«, lächelt Windischs Frau. Amalies Lidschatten faltet sich blau über den Wimpern. »Und leiden, weil sie trinken«, kichert sie. Sie schaut durch ein Salatblatt.

Der Saugfleck reift an ihrem Hals. Er färbt sich blau, und er bewegt sich, wenn sie schluckt.

Windischs Frau lutscht an den kleinen, weißen Wirbeln. Sie schluckt das kurze Fleisch am Hühnerhals. »Wenn du heiratest, mach deine Augen auf«, sagt sie. »Das Trinken ist eine schlimme Krankheit.« Amalie leckt ihre rote Fingerspitze ab. »Und nicht gesund«, sagt sie.

Windisch schaut die dunkle Spinne an. »Das Huren ist gesünder«, sagt er.

Windischs Frau schlägt die Hand auf den Tisch.

Windischs Frau war fünf Jahre lang in Rußland gewesen. Sie hatte in einer Baracke mit Eisenbetten geschlafen. In den Bettkanten knisterten die Läuse. Sie war kahl geschoren. Ihr Gesicht war grau. Ihre Kopfhaut war rot zerfressen.

Auf den Bergen war noch ein Gebirge aus Wolken und wehendem Schnee. Auf dem Lastauto brannte der Frost. Vor der Grube stiegen nicht alle ab. Jeden Morgen blieben Männer und Frauen auf den Bänken sitzen. Sie saßen mit offenen Augen. Sie ließen alle an sich vorbei. Sie waren erfroren. Sie saßen im Jenseits.

Das Bergwerk war schwarz. Die Schaufel war kalt. Die Kohle war schwer.

Als der Schnee zum ersten Mal geschmolzen war, wuchs in den Schneesteinmulden spitzes, dünnes Gras. Katharina hatte ihren Wintermantel verkauft für zehn Scheiben Brot. Ihr Magen war ein Igel. Katharina pflückte jeden Tag ein Büschel Gras. Die Grassuppe war warm und gut. Der Igel zog für ein paar Stunden seine Stacheln ein.

Dann war der zweite Schnee gekommen. Katharina hatte eine Wolldecke. Die war am Tag ihr Mantel. Der Igel stach.

Katharina ging, wenn's dunkel wurde, dem Licht des Schnees nach. Sie bückte sich. Sie kroch am Schatten des Wächters vorbei. Katharina ging ins Eisenbett eines Mannes. Der war Koch. Er nannte sie Käthe. Er wärmte sie und gab ihr Kartoffeln. Sie waren heiß und süß. Der Igel zog für ein paar Stunden seine Stacheln ein.

Als der Schnee zum zweiten Mal geschmolzen war, wuchs Grassuppe unter den Schuhn. Katharina verkaufte ihre Wolldecke für zehn Scheiben Brot. Der Igel zog für ein paar Stunden seine Stacheln ein.

Dann war der dritte Schnee gekommen. Das Pelzleibchen war Katharinas Mantel.

Als der Koch gestorben war, leuchtete das Licht des Schnees in eine andere Baracke. Katharina kroch am Schatten eines anderen Wächters vorbei. Sie ging ins Eisenbett eines Mannes. Der war Arzt. Er nannte sie Katjuscha. Er wärmte sie und gab ihr ein weißes Stück Papier. Das war eine Krankheit. Katharina mußte drei Tage nicht in die Grube gehn.

Als der Schnee zum dritten Mal geschmolzen war, verkaufte Katharina ihr Pelzleibchen für eine Schale Zucker. Katharina aß nasses Brot und streute Zucker drauf. Der Igel zog für ein paar Tage seine Stacheln ein.

Dann war der vierte Schnee gekommen. Die grauen Wollsocken waren Katharinas Mantel.

Als der Arzt gestorben war, leuchtete das Licht des Schnees über den Lagerhof. Katharina kroch am schlafenden Hund vorbei. Sie ging ins Eisenbett eines Mannes. Der war Totengräber. Er begrub auch die Russen im Dorf. Er nannte sie Katja. Er wärmte sie. Er gab ihr Fleisch vom Leichenschmaus des Dorfes.

Als der Schnee zum vierten Mal geschmolzen war, verkaufte Katharina ihre grauen Wollsocken für eine Schüssel Maismehl. Der Maisbrei war heiß. Er quoll. Der Igel zog für ein paar Tage seine Stacheln ein.

Dann war der fünfte Schnee gekommen. Katharinas braunes Stoffkleid war ihr Mantel.

Als der Totengräber gestorben war, zog Katharina seinen Mantel an. Sie kroch den Schnee entlang durch den Zaun. Sie ging zu einer alten Russin ins Dorf. Sie war allein. Der Totengräber hatte ihren Mann begraben. Die alte Russin erkannte Katharinas Mantel. Es war der Mantel ihres Mannes. Katharina wärmte sich in ihrem Haus. Sie molk ihre Ziege. Die Russin nannte sie Dewotschka. Sie gab ihr Milch.

Als der Schnee zum fünften Mal geschmolzen war, blühten gelbe Rispen im Gras.

In der Grassuppe schwamm gelber Staub. Er war süß.

Eines Nachmittags fuhren grüne Autos in den Lagerhof. Sie zerdrückten das Gras. Katharina saß vor der Baracke auf einem Stein. Sie sah die Dreckspuren der Reifen. Sie sah die fremden Wächter.

Die Frauen stiegen auf die grünen Autos. Die Dreckspuren führten nicht in die Grube. Die grünen Autos blieben vor dem kleinen Bahnhof stehn.

Katharina stieg in den Zug. Sie weinte vor Freude.

An Katharinas Händen klebte Grassuppe, als sie erfuhr, daß der Zug nach Hause fährt.

DIE MÖWE

Windischs Frau schaltet den Fernseher an. Die Sängerin lehnt am Geländer vor dem Meer. Ihr

Rocksaum flattert. Über dem Knie der Sängerin hängen die Spitzen ihres Unterkleids.

Eine Möwe fliegt übers Wasser. Sie fliegt knapp am Bildschirmrand vorbei. Sie stößt mit der Flügelspitze ins Zimmer.

»Ich war noch nie am Meer«, sagt Windischs Frau. »Wenn das Meer nicht so weit wär, kämen die Möwen ins Dorf.« Die Möwe stürzt sich aufs Wasser. Sie schluckt einen Fisch.

Die Sängerin lächelt. Sie hat ein Möwengesicht. Sie schließt und öffnet die Augen so oft wie den Mund. Sie singt ein Lied über die Mädchen aus Rumänien. Ihr Haar will Wasser sein. Es kräuselt an den Schläfen kleine Wellen.

»Die Mädchen aus Rumänien«, singt die Sängerin, »sind zärtlich wie die Blumen auf den Wiesen im Monat Mai.« Ihre Hände zeigen aufs Meer. Sandiges Gestrüpp zittert am Ufer.

Im Wasser schwimmt ein Mann. Er schwimmt seinen Händen nach. Weit hinaus ins Wasser. Er ist allein, und der Himmel hört auf. Sein Kopf treibt. Die Wellen sind dunkel. Die Möwe ist weiß.

Das Gesicht der Sängerin ist weich. Der Wind zeigt den Spitzensaum des Unterkleids.

Windischs Frau steht vor dem Bildschirm. Sie zeigt mit der Fingerspitze auf das Knie der Sängerin. »Schön sind die Spitzen«, sagt sie, »sie sind bestimmt nicht aus Rumänien.«

Amalie stellt sich vor den Bildschirm. »Genauso ist das Spitzenkleid der Tänzerin auf der Bodenvase.«

Windischs Frau stellt Sandkipfel auf den Tisch. Unterm Tisch steht der Blechnapf. Die Katze leckt daraus die erbrochene Suppe.

Die Sängerin lächelt. Sie schließt den Mund. Hinter ihrem Lied schlägt das Meer übers Ufer. »Dein Vater soll dir Geld für die Bodenvase geben«, sagt Windischs Frau.

»Nein«, sagt Amalie. »Ich hab mir Geld gespart. Ich werd sie selbst bezahlen.«

DIE JUNGE EULE

Die junge Eule sitzt seit einer Woche im Tal. Die Leute sehen sie jeden Abend, wenn sie aus der Stadt kommen. Um die Schienen liegt graue Dämmerung. Um den Zug weht fremder, schwarzer Mais. Die junge Eule sitzt in den verblühten Disteln wie im Schnee.

Die Leute steigen am Bahnhof aus. Sie schweigen. Der Zug pfeift seit einer Woche nicht. Die Leute drücken ihre Taschen an sich. Sie gehen ihren Heimweg. Wenn sie auf dem Heimweg Leute treffen, sagen sie: »Das ist die letzte Rast. Morgen ist die junge Eule da und holt das Sterben nach.«

Der Pfarrer schickt den Meßdiener hinauf in den Kirchturm. Die Ziehglocke läutet. Wenn der Meßdiener wieder auf der Erde steht, ist er bleich. »Nicht ich zieh die Glocke. Die Glocke zieht mich«, sagt er. »Wenn ich mich nicht am Balken festgehalten hätte, wär ich schon längst hinauf in den Himmel geflogen.«

Die junge Eule ist irr geworden vom Glockenläuten. Sie ist zurückgeflogen ins Land. Sie ist in den Süden geflogen. Der Donau entlang. An den Wasserrausch ist sie geflogen, wo Soldaten stehn.

Im Süden ist die Ebene baumlos und heiß. Sie brennt. Die junge Eule zündet in den roten Hagebutten ihre Augen an. Mit den Flügeln überm Stacheldraht wünscht sie sich einen Tod.

Die Soldaten liegen im grauen Morgen. Zwischen ihnen steht das Gestrüpp. Sie haben Manöver. Sie sind mit den Händen, mit den Augen, mit der Stirn im Krieg.

Der Offizier schreit den Befehl.

Ein Soldat sieht die junge Eule im Gestrüpp. Er legt das Gewehr ins Gras. Er steht auf. Die Kugel fliegt. Sie trifft.

Der Tote ist der Sohn des Schneiders. Der Tote ist Dietmar.

Der Pfarrer sagt: »Die junge Eule hat an der Donau gesessen und an unser Dorf gedacht.«

Windisch schaut sein Fahrrad an. Er hat die Nachricht von der Kugel aus dem Dorf in den Hof gebracht. »Jetzt ist es wieder wie im Krieg«, sagt er.

Windischs Frau zieht die Augenbrauen hoch. »Da kann die Eule nichts dafür«, sagt sie. »Es war ein Unfall.« Sie reißt ein gelbes Blatt vom Apfelbaum. Sie schaut Windisch von der Stirn bis zu den Schuhen an. Schaut lange auf die Brusttasche am Rock, wo's Herz drin schlägt.

Windisch spürt die Glut in seinem Mund. »Dein Verstand ist kurz«, schreit er. »Er reicht nicht mal von deiner Stirn zum Mund.« Windischs Frau weint und zerdrückt das gelbe Blatt.

Windisch spürt das Sandkorn drücken in der Stirn. »Sie weint für sich«, denkt er. »Nicht für den Toten. Frauen weinen immer nur für sich.«

Der Nachtwächter schläft auf der Bank vor der Mühle. Der schwarze Hut macht seinen Schlaf samtig und schwer. Seine Stirn ist ein bleicher Streifen. »Er hat wieder den Erdfrosch in der Stirn«, denkt Windisch. Er sieht auf seinen Wangen die stehende Zeit.

Der Nachtwächter redet im Traum. Er zuckt mit den Beinen. Der Hund bellt. Der Nachtwächter wacht auf. Erschrocken nimmt er seinen Hut vom Kopf. Seine Stirn ist naß. »Die bringt mich um«, sagt er. Seine Stimme ist tief. Sie geht zurück in seinen Traum.

»Meine Frau hat nackt und gekrümmt auf dem Nudelbrett gelegen«, sagt der Nachtwächter. »Ihr Körper war nicht größer als der Körper eines Kindes. Vom Nudelbrett ist gelber Saft getropft. Der Fußboden war naß. Um den Tisch haben alte Weiber gesessen. Sie waren schwarz angezogen. Ihre Zöpfe waren struppig. Sie hatten sich schon lange nicht gekämmt. Die dürre Wilma war so klein wie meine Frau. Sie hat einen schwarzen Handschuh in der Hand gehalten. Ihre Füße haben nicht bis zum Fußboden gereicht. Sie hat zum Fenster hinausgeschaut. Da ist ihr der Handschuh aus der Hand gefallen. Die dürre Wilma hat unter den Stuhl geschaut. Der Handschuh lag nicht unterm Stuhl. Der Fußboden war leer. Der Fußboden war so tief unter ihren Füßen, daß sie weinen mußte. Sie hat ihr runzeliges Gesicht verzogen und gesagt: es ist eine Schande, daß man die Toten in der Sommerküche liegen läßt. Ich hab gesagt, ich wußte gar nicht, daß wir eine Sommerküche haben. Meine Frau hat den Kopf vom Nudelbrett gehoben und gelächelt. Die dürre Wilma hat sie angeschaut. »Laß dich nicht stören, hat sie zu meiner Frau gesagt. Und dann zu mir: sie tropft und stinkt.«

Der Mund des Nachtwächters steht offen. Über seine Wangen rinnen Tränen.

Windisch faßt ihn an der Schulter an. »Du machst dich selbst verrückt«, sagt er. In seiner Rocktasche rasseln die Schlüssel.

Windisch drückt die Schuhspitze an die Mühlentür.

Der Nachtwächter schaut in seinen schwarzen Hut. Windisch schiebt das Fahrrad vor die Bank. »Ich krieg den Paß«, sagt er.

DIE EHRENGARDE

Der Milizmann steht im Hof des Schneiders. Er gibt den Offizieren Schnaps. Er gibt den Soldaten Schnaps, die den Sarg ins Haus getragen haben. Windisch sieht die Schulterklappen mit den Sternen.

Der Nachtwächter neigt sein Gesicht zu Windisch. »Der Milizmann ist froh«, sagt er, »daß er Gesellschaft hat.«

Der Bürgermeister steht unter dem gelben Pflaumenbaum. Er schwitzt. Er schaut auf ein Blatt Papier. Windisch sagt: »Er kann die Schrift nicht lesen, weil die Lehrerin die Grabrede geschrieben hat.« »Morgen abend will er zwei Sack Mehl«, sagt der Nachtwächter. Er riecht nach Schnaps.

Der Pfarrer kommt in den Hof. Er zieht seine schwarze Schleppe über den Boden. Die Offiziere schließen rasch den Mund. Der Milizmann stellt die Schnapsflasche hinter den Baum.

Der Sarg ist aus Metall. Der Sarg ist zugeschweißt. Er glänzt im Hof wie eine riesengroße Tabakdose. Die Ehrengarde trägt den Sarg im Gleichschritt, mit den Stiefeln immer in der Marschmusik, zum Hof hinaus.

Das Auto fährt mit rotem Fahnentuch.

Die schwarzen Hüte der Männer gehn rasch. Die schwarzen Kopftücher der Frauen gehn langsamer und hinterher. Sie torkeln auf den schwarzen Knoten ihrer Rosenkränze. Der Totenkutscher geht zu Fuß. Er redet laut.

Die Ehrengarde auf dem Auto schwankt. Sie hält sich in den Schlaglöchern an den Gewehren fest. Sie steht zu hoch über der Erde und steht zu hoch über dem Sarg.

Das Grab der alten Kroner ist noch schwarz und hoch. »Die Erde hat sich nicht gesetzt, weil es nicht regnet«, sagt die dürre Wilma. Die Horthensienklumpen sind zu Spreu zerfallen.

Die Postfrau stellt sich neben Windisch. »Wie schön wär es«, sagt sie, »wenn auch die Jugend beim Begräbnis wär. Das ist seit Jahren so«, sagt sie, »wenn jemand stirbt im Dorf, sind keine jungen Leute da.« Eine Träne fällt ihr auf die Hand. »Am Sonntagmorgen soll Amalie in Audienz kommen«, sagt sie.

Die Vorbeterin singt dem Pfarrer ins Ohr. Der Weihrauch zerdrückt ihren Mund. Sie singt so starr und heilig, daß ihr Augenweiß zu groß wird und ihr träge über die Pupillen rinnt.

Die Postfrau schluchzt. Sie greift Windisch an den Ellbogen. »Und zwei Sack Mehl«, sagt sie.

Die Ziehglocke schlägt sich die Zunge wund. Es steigen Ehrenschüsse über den Gräbern hoch. In schweren Klumpen fällt die Erde auf das Blech des Sargs.

Die Vorbeterin bleibt am Heldenkreuz stehn. Sie sucht sich mit den Augenwinkeln die Stelle aus, auf die sie tritt. Sie schaut Windisch an. Sie hustet. Windisch hört, wie in ihrem leergesungnen Hals der Schleim zerreißt.

»Amalie soll am Samstagnachmittag zum Pfarrer kommen«, sagt sie, »damit der Pfarrer ihr den Taufschein im Register sucht.«

Windischs Frau beendet das Gebet. Sie geht zwei Schritte. Sie stellt sich vors Gesicht der Vorbeterin. »Das mit dem Taufschein wird wohl nicht so dringend sein«, sagt sie. »Sehr dringend«, sagt die Vorbeterin. »Der Milizmann hat dem Pfarrer gesagt, daß eure Pässe fertig ausgestellt beim Paßamt liegen.«

Windischs Frau zerknüllt ihr Taschentuch. »Amalie bringt am Samstag eine Bodenvase«, sagt sie. »Die ist zerbrechlich.« »Sie kann vom Bahnhof nicht direkt zum Pfarrer gehn«, sagt Windisch.

Die Vorbeterin reibt mit der Schuhspitze im Sand. »Dann soll sie nach Hause gehn und etwas später kommen«, sagt sie. »Die Tage sind noch lang.«

Der Küchenschrank ist leer. Windischs Frau schlägt die Türen zu. Die kleine Zigeunerin aus dem Nachbardorf steht barfuß in der Küchenmitte, wo der Tisch gestanden hat. Sie steckt die Kochtöpfe in ihren tiefen Sack. Sie knotet das Taschentuch auf. Sie gibt Windischs Frau fünfundzwanzig Lei. »Mehr hab ich nicht«, sagt sie. Die rote Zunge hängt an Ihrem Zopf heraus. »Gib mir noch ein Kleid«, sagt sie. »Zigeuner bringen Glück.«

Windischs Frau gibt ihr Amalies rotes Kleid. »Jetzt geh«, sagt sie. Die kleine Zigeunerin zeigt auf die Teekanne. »Noch die Teekanne«, sagt sie. »Ich bring dir Glück.«

Die Melkerin mit dem blauen Kopftuch führt die Bretter des Betts auf dem Schubkarren durchs Tor. Sie hat sich die alten Kissen auf den Rücken gebunden.

Windisch zeigt dem Mann mit dem kleinen Hut den Fernseher. Er knipst ihn an. Der Bildschirm rauscht. Der Mann trägt den Fernseher hinaus. Er stellt ihn auf den Verandatisch. Windisch nimmt aus seiner Hand die Geldscheine.

Vor dem Haus steht ein Pferdewagen. Ein Melker und eine Melkerin stehn vor dem weißen Fleck, wo das Bett gestanden hat. Sie schaun den Schrank an und den Spiegeltisch. »Der Spiegel ist zerbrochen«, sagt Windischs Frau. Die Melkerin hebt einen Stuhl und schaut die Sitzfläche von unten an. Der Melker klopft mit den Fingern auf den Tisch. »Das Holz ist gesund«, sagt Windisch. »Solche Möbel gibt es heutzutage nicht mehr im Geschäft.«

Das Zimmer ist leer. Der Pferdewagen fährt mit dem Schrank durch die Straße. Die Stuhlbeine stehn neben dem Schrank. Sie klappern wie die Räder. Der Spiegeltisch und der Tisch stehn vor dem Haus im Gras. Die Melkerin sitzt im Gras und schaut dem Wagen nach.

Die Postfrau wickelt die Vorhänge in eine Zeitung. Sie schaut den Kühlschrank an. »Er ist verkauft«, sagt Windischs Frau. »Heute abend kommt der Traktorist ihn holen.«

Die Hühner liegen mit den Köpfen im Sand. Ihre Füße sind zusammengebunden. Die dürre Wilma steckt sie in den Weidenkorb. »Der Hahn war blind«, sagt Windischs Frau. »Ich hab ihn schlachten müssen.« Die dürre Wilma zählt die Geldscheine. Windischs Frau streckt die Hand danach aus.

Der Schneider hat ein schwarzes Band auf der Kragenspitze. Er rollt den Teppich zusammen. Windischs Frau schaut auf seine Hände. »Dem Schicksal kann man nicht entgehen«, seufzt sie.

Amalie schaut durchs Fenster in den Apfelbaum. »Ich weiß nicht«, sagt der Schneider. »Er hat nichts Böses auf der Welt getan.«

Amalie spürt das Weinen im Hals. Sie lehnt sich aufs Fensterbrett. Sie lehnt das Gesicht zum Fenster hinaus. Sie hört den Schuß.

Windisch steht mit dem Nachtwächter im Hof. »Es ist ein neuer Müller im Dorf«, sagt der Nachtwächter. »Ein Walache mit einem kleinen Hut aus einer Wassermühlengegend.« Der Nachtwächter hängt Hemden, Röcke und Hosen über den Gepäckträger des Fahrrads. Er greift in die Tasche. »Ich hab gesagt, das schenk ich dir«, sagt Windisch.

Windischs Frau zupft an ihrer Schürze. »Nimm's«, sagt sie, »er gibt's dir gern. Da liegen noch ein Haufen alter Kleider rum für die Zigeuner.« Sie greift sich an die Wange. »Zigeuner bringen Glück«, sagt sie.

DER SCHAFSTALL

Der neue Müller steht in der Veranda. »Der Bürgermeister hat mich hergeschickt«, sagt er. »Ich werd hier wohnen.«

Sein kleiner Hut hängt schief auf seinem Kopf. Sein Pelzleibchen ist neu. Er schaut den Verandatisch an. »Den kann ich gebrauchen«, sagt er. Er geht durchs Haus. Windisch geht hinter ihm her. Windischs Frau geht barfuß hinter Windisch.

Der neue Müller schaut die Vorzimmertür an. Er drückt auf die Klinke. Er schaut die Wände und die Decke des Vorzimmers an. Er klopft an die Zimmertür. »Die Tür ist alt«, sagt er. Er lehnt am Türrahmen und schaut ins leere Zimmer. »Man hat mir gesagt, das Haus ist eingerichtet«, sagt er. »Wieso eingerichtet«, fragt Windisch. »Ich hab meine Möbel verkauft.«

Windischs Frau geht mit harten Fersen aus dem Vorzimmer. Windisch spürt die Schläfen.

Der neue Müller schaut die Zimmerwände und die Decke an. Er öffnet und schließt das Fenster. Er drückt mit der Schuhspitze auf die Bretter des Fußbodens. »Dann werd ich meiner Frau telefonieren«, sagt der Müller. »Sie soll die Möbel bringen.«

Der Müller geht in den Hof. Er schaut die Zäune an. Er sieht die gefleckten Schweine des Nachbarn. »Ich hab zehn Schweine und sechsundzwanzig Schafe«, sagt er. »Wo ist der Schafstall.«

Windisch sieht die gelben Blätter überm Sand. »Wir haben nie Schafe gehabt«, sagt er. Windischs Frau kommt mit dem Besen in den Hof. »Die Deutschen haben keine Schafe«, sagt sie. Der Besen knistert im Sand.

»Der Schuppen ist gut als Garage«, sagt der Müller. »Ich werd mir Bretter beschaffen und einen Schafstall baun.«

Der Müller drückt Windisch die Hand. »Die Mühle ist schön«, sagt er.

Windischs Frau kehrt große Wellenkreise in den Sand.

DAS SILBERNE KREUZ

Amalie sitzt auf dem Fußboden. Die Weingläser stehn der Größe nach hintereinander. Die Schnapsgläser leuchten. Die milchigen Blumen auf den Bäuchen der Obstschalen sind starr. Die Blumenvasen stehn an der Zimmerwand. In der Zimmerecke steht die Bodenvase.

Amalie hält die kleine Schachtel mit der Träne in der Hand.

Amalie hört in den Schläfen die Stimme des Schneiders: »Er hat nichts Böses auf der Welt getan.« In Amalies Stirn brennt ein Stück Glut.

Amalie spürt den Mund des Milizmanns an ihrem Hals. Sein Atem riecht nach Schnaps. Er drückt seine Hände auf ihre Knie. Er schiebt ihr Kleid hinauf. »Ce dulce eşti«*, sagt der Milizmann. Seine Mütze liegt neben seinem Schuh. Seine Rockknöpfe glänzen.

Der Milizmann knöpft seinen Rock auf. »Zieh dich aus«, sagt er. Unter dem blauen Rock hängt ein silbernes Kreuz. Der Pfarrer zieht seine schwarze Kutte aus. Er streift Amalie eine Haarsträhne von der Wange. »Wisch deinen Lippenstift ab«, sagt er. Der Milizmann küßt Amalies Schulter. Das silberne Kreuz fällt vor seinen Mund. Der Pfarrer streichelt Amalies Schenkel. »Zieh das Unterkleid aus«, sagt er.

Amalie sieht den Altar durch die offene Tür. Zwischen den Rosen steht ein schwarzes Telefon. Das silberne Kreuz hängt zwischen Amalies Brüsten. Die Hände des Milizmanns drücken Amalies Brüste. »Du hast schöne Äpfel«, sagt der Pfarrer. Sein Mund ist naß. Amalies Haar hängt an der Bettkante herab. Unter dem Stuhl stehn die weißen Sandalen. Der Milizmann flüstert: »Du riechst gut.« Die Hände des Pfarrers sind weiß. Das rote Kleid leuchtet am Ende des Eisenbetts. Zwischen den Rosen läutet das schwarze Telefon. »Jetzt hab ich keine Zeit«, stöhnt der Milizmann. Die Schenkel des Pfarrers sind schwer. »Kreuz die Beine auf meinem Rücken«, flüstert er. Das silberne Kreuz drückt auf Amalies Schulter. Der Milizmann hat eine feuchte Stirn. »Dreh dich um«, sagt er. Die schwarze Kutte hängt am langen Nagel hinter der Tür. Die Nase des Pfarrers ist kalt. »Mein kleiner Engel«, keucht er.

* Wie süß du bist.

Amalie spürt die Absätze der weißen Sandalen im Bauch. Die Glut aus der Stirn brennt in den Augen. Amalies Zunge drückt im Mund. Das silberne Kreuz glänzt in der Fensterscheibe. Im Apfelbaum hängt ein Schatten. Er ist schwarz und aufgewühlt. Der Schatten ist ein Grab.

Windisch steht in der Zimmertür. »Bist du taub«, sagt er. Er hält Amalie den großen Koffer hin. Amalie dreht das Gesicht zur Tür. Ihre Wangen sind naß. »Ich weiß«, sagt Windisch, »Abschiede sind schwer.« Er ist sehr groß im leeren Zimmer. »Jetzt ist es wieder wie im Krieg«, sagt er. »Man geht und weiß nicht, ob und wie und wann man wiederkommt.«

Amalie füllt die Träne noch einmal. »Mit Brunnenwasser wird sie nicht so naß«, sagt sie. Windischs Frau stellt die Teller in den Koffer. Sie nimmt die Träne in die Hand. Ihre Backenknochen sind weich und ihre Lippen feucht. »Man soll nicht glauben, daß es sowas gibt«, sagt sie.

Windisch spürt ihre Stimme im Kopf. Er wirft seinen Mantel in den Koffer. »Ich hab sie satt«, schreit er, »ich will sie nicht mehr sehn.« Er senkt den Kopf. Und leise sagt er noch dazu: »Die kann doch nichts als Leute traurig machen.«

Windischs Frau preßt das Eßbesteck zwischen die Teller. »Das kann sie«, sagt sie. Windisch sieht ihren Finger, den sie schleimig aus dem Haar gezogen hat. Er schaut sein Paßfoto an. Er wiegt den Kopf. »Das ist ein schwerer Schritt«, sagt er.

Amalies Glas leuchtet im Koffer. Die weißen Flecken an den Zimmerwänden wachsen. Der Fußboden ist kalt. Die Glühbirne wirft lange Strahlen in die Koffer.

Windisch steckt die Pässe in seine Rocktasche. »Wer weiß, was aus uns wird«, seufzt Windischs Frau. Windisch schaut in die stechenden Strahlen der Lampe. Amalie und Windischs Frau schließen die Koffer.

DIE DAUERWELLEN

Im Zaun quietscht ein Fahrrad aus Holz. Oben, im Himmel, schwimmt ruhig ein Fahrrad aus weißem Gewölk. Um das weiße Gewölk sind die Wolken Wasser. Grau und leer wie ein Teich. Um den Teich steht nur stilles Gebirg. Graues Gebirg voll mit Heimweh.

Windisch trägt zwei große Koffer, und Windischs Frau trägt zwei große Koffer. Ihr Kopf geht zu rasch. Ihr Kopf ist zu klein. Die Steine ihrer Backenknochen sind eingeschlossen ins Dunkle. Windischs Frau hat ihren Zopf abgeschnitten. In ihrem kurzen Haar sind Dauerwellen. Ihr Mund ist hart und schmal vom neuen Gebiß. Sie redet laut.

Amalies Haar läßt eine Strähne los, vorm Kirchengarten in den Buchsbaum wehn. Die Strähne kehrt zurück zu ihrem Ohr.

Die tiefe Stelle ist rissig und grau. Die Pappel steht wie ein Besen im Himmel.

Jesus schläft neben der Kirchentür am Kreuz. Wenn er aufwacht, ist er alt. Die Luft im Dorf wird heller sein als seine nackte Haut.

An der Post hängt das Schloß an der Kette. Der Schlüssel liegt bei der Postfrau im Haus. Er öffnet das Schloß. Er öffnet die Matratze für die Audienzen.

Amalie trägt ihren schweren Koffer mit dem Glas. Über ihrer Schulter hängt ihre Handtasche. Da ist die Schachtel mit der Träne drin. In der anderen Hand trägt Amalie die Bodenvase mit der Tänzerin.

Das Dorf ist klein. In den Seitenstraßen gehen Leute. Sie sind weit. Sie entfernen sich. Der Mais ist an den Straßenenden eine schwarze Wand.

Windisch sieht um den Sockel des Bahnhofs die grauen Schwaden der stehenden Zeit. Über den Schienen liegt eine Decke aus Milch. Sie reicht bis zu den Fersen. Über der Decke liegt eine glasige Haut. Die stehende Zeit spinnt die Koffer ein. Sie zieht an den Armen. Windisch schlürft über den Schotter. Er bricht ein.

Die Treppen des Zugs sind hoch. Windisch hebt die Schuhe aus der Milchdecke.

Windischs Frau wischt mit dem Taschentuch den Staub von den Bänken. Amalie hält die Bodenvase auf den Knien. Windisch drückt das Gesicht ans Fenster. An der Abteilwand hängt ein Bild vom Schwarzen Meer. Das Wasser steht still. Das Bild schaukelt. Es fährt mit.

»Im Flugzeug wirds mir übel«, sagt Windisch. »Ich weiß das aus dem Krieg.« Windischs Frau lacht. Ihr neues Gebiß klappert.

Windischs Anzug spannt. Sein Ärmel zieht an seiner Hand. »Der Schneider hat ihn dir zu eng gemacht«, sagt Windischs Frau. »Ein teurer Stoff und ganz verkracht.«

Windisch spürt beim Fahren, wie sich die Stirn langsam mit Sand füllt. Sein Kopf ist schwer. Seine

Augen sinken in den Schlaf. Seine Hände zittern. Seine Beine zucken und sind wach. Windisch sieht durch die Scheibe weites rostiges Gestrüpp. »Seitdem die Eule den Sohn des Schneiders genommen hat, kann er nicht mehr denken«, sagt Windisch. Windischs Frau hält ihr Kinn in der Hand.

Amalies Kopf hängt auf der Schulter. Ihr Haar deckt ihr die Wangen zu. Sie schläft. »Sie kann schlafen«, sagt Windischs Frau.

»Seit ich meinen Zopf nicht mehr hab, weiß ich nicht, wie ich den Kopf halten soll.« Ihr neues Kleid mit dem gestickten weißen Kragen leuchtet grün wie Wasser.

Der Zug rasselt über die Eisenbrücke. Das Meer schaukelt über der Abteilwand über dem Fluß. Im Fluß ist wenig Wasser und viel Sand.

Windisch schaut dem Flügelschlag der kleinen Vögel nach. Sie fliegen in zerrißnen Scharen. Sie suchen Wälder in der Au, wo nur Gestrüpp und Sand und Wasser ist.

Der Zug fährt langsam, weil die Schienen sich verwirren, weil die Stadt beginnt. Vor ihr liegt altes Eisen. Kleine Häuser stehen in verwachsnen Gärten. Windisch sieht, wie viele Schienen ineinanderlaufen. Auf den verwornnen Schienen sieht er fremde Züge stehn.

Über dem grünen Kleid hängt das goldene Kreuz der Halskette. Soviel Grün liegt um das Kreuz.

Windischs Frau bewegt den Arm. Das Kreuz baumelt an der Kette. Der Zug fährt rasch. Er hat ein freies Geleis gefunden zwischen fremden Zügen.

Windischs Frau steht auf. Ihre Augen schaun starr und sicher. Sie sieht den Bahnhof. Unter den Dauerwellen, in der Schädeldecke drin, hat Windischs Frau sich ihre neue Welt, in die sie ihre großen Koffer trägt, schon eingerichtet. Ihre Lippen sind wie kalte Asche. »Wenn der Herrgott will, kommen wir im nächsten Sommer zu Besuch«, sagt sie.

Der Gehsteig ist rissig. Die Pfützen haben das Wasser geschluckt. Windisch sperrt das Auto zu. Auf dem Auto glänzt ein silberner Kreis. Darin sind drei Stäbe wie drei Finger. Auf der Motorhaube liegen tote Fliegen. An der Scheibe klebt ein Vogelschiß. Hinten auf dem Kofferraum steht Diesel. Ein Pferdewagen rasselt. Die Pferde sind knochig. Der Wagen ist aus Staub. Der Kutscher ist fremd. Er hat große Ohren unter dem kleinen Hut.

Windisch und Windischs Frau gehen in einem Stoffballen. Er hat einen grauen Anzug. Sie hat ein graues Kostüm aus demselben Stoff.

Windischs Frau trägt schwarze Schuhe mit hohen Absätzen.

In der tiefen Stelle spürt Windisch das Ziehen der Risse unterm Schuh. Seiner Frau zerrinnen blaue Adern auf den bleichen Waden.

Windischs Frau schaut auf die geneigten roten Dächer. »Als hätten wir nie hier gewohnt«, sagt sie. Sie sagt es so, als wären die geneigten Dächer roter Kiesel unter ihrem Schuh. Ein Baum legt seinen Schatten über ihr Gesicht. Ihre Backenknochen sind steinig. Der Schatten zieht sich zurück in den Baum. Er läßt Falten stehn auf ihrem Kinn. Ihr goldenes Kreuz leuchtet. Die Sonne fängt es ein. Die Sonne hält ihre Flamme auf das Kreuz.

Die Postfrau steht am Buchsbaumzaun. Ihre Lacktasche hat einen Riß. Die Postfrau hält ihre Wangen hin zum Kuß. Windischs Frau gibt ihr eine Tafel *Ritter-Sport*-Schokolade. Das himmelblaue Papier glänzt. Die Postfrau legt die Finger auf den goldenen Rand.

Windischs Frau bewegt die Steine in den Backenknochen. Der Nachtwächter kommt auf Windisch zu. Er hebt den schwarzen Hut. Windisch sieht sein Hemd und seinen Rock. Der Wind treibt Windischs Frau einen Schattenfleck aufs Kinn. Sie dreht den Kopf. Der Schattenfleck fällt auf die Jacke des Kostüms. Windischs Frau trägt den Schattenfleck wie ein totes Herz neben dem Kragen.

»Ich hab eine Frau«, sagt der Nachtwächter. »Sie ist Melkerin in den Ställen im Tal.«

Windischs Frau sieht die Melkerin mit dem blauen Kopftuch neben Windischs Fahrrad vor dem Wirtshaus stehn. »Ich kenn sie«, sagt Windischs Frau, »die hat unser Bett gekauft.«

Die Melkerin schaut über die Straße auf den Kirchenplatz. Sie ißt einen Apfel und wartet.

»Da willst du auch nicht mehr auswandern«, fragt Windisch. Der Nachtwächter zerdrückt den Hut in der Hand. Er schaut zum Wirtshaus rüber. »Ich bleib da«, sagt er.

Windisch sieht den Dreckstreifen an seinem Hemd. Am Hals des Nachtwächters klopft eine Ader in die stehende Zeit. »Meine Frau wartet«, sagt der Nachtwächter. Er zeigt zum Wirtshaus hinüber.

Der Schneider hebt vor dem Kriegerdenkmal den Hut. Er schaut auf seine Schuhspitzen beim Gehn. Er stellt sich vor die Kirchentür neben die dürre Wilma.

Der Nachtwächter hebt seinen Mund an Windischs Ohr. »Es ist eine junge Eule im Dorf«, sagt er. »Sie kennt sich aus. Die dürre Wilma war schon krank von ihr.« Der Nachtwächter lächelt. »Die dürre Wilma ist schlau«, sagt er. »Sie hat die Eule weggescheucht.« Er schaut zum Wirtshaus hinüber. »Ich geh«, sagt er.

Vor der Stirn des Schneiders flattert ein Kohlweißling. Die Wangen des Schneiders sind bleich. Sind wie ein Vorhang unter seinen Augen.

Der Kohlweißling fliegt durch die Wange des Schneiders. Der Schneider senkt den Kopf. Der Kohlweißling fliegt weiß und nicht zerknittert aus dem Hinterkopf des Schneiders hinaus. Die dürre Wilma flattert mit dem Taschentuch. Der Kohlweißling fliegt durch ihre Schläfe in ihren Kopf hinein.

Der Nachtwächter geht unter den Bäumen. Er schiebt Windischs altes Fahrrad. Der silberne Kreis des Autos klimpert in der Rocktasche des Nachtwächters. Die Melkerin geht barfuß neben dem Fahrrad im Gras. Ihr blaues Kopftuch ist ein Wasserfleck. Die Blätter schwimmen drin.

Die Vorbeterin geht mit dem dicken Gesangbuch langsam durch die Kirchentür. Sie trägt das Buch des heiligen Antonius.

Die Kirchenglocke schlägt. Windischs Frau steht in der Kirchentür. Die Orgel summt Windisch in der dunklen Luft durchs Haar. Windisch geht neben seiner Frau durch den kahlen Gang zwischen den Bänken. Ihre Absätze klappern im Stein. Windisch krümmt die gefalteten Hände. Windisch hängt am goldenen Kreuz seiner Frau. Auf seiner Wange hängt eine Träne aus Glas.

Die Augen der dürren Wilma schauen Windisch nach. Die dürre Wilma neigt den Kopf. »Der hat einen Wehrmachtsanzug an«, sagt sie zum Schneider. »Die gehn zur Kommunion und haben nicht gebeichtet.«

AUS DEM ROTBUCHPROGRAMM

Herta Müller · *Niederungen*
Prosa · Rotbuch 285 · 144 Seiten · DM 13

Dacia Maraini · *Winterschlaf*
Zwölf Erzählungen · Rotbuch 292 · 128 Seiten · DM 14

Dacia Maraini · *Zug nach Helsinki*
Roman · aus der Reihe · 252 Seiten · DM 29

Yvan Goll · *Sodom Berlin*
Roman · aus der Reihe · Mit Illustrationen
176 Seiten · gebunden · DM 25

Anne Duden · *Das Judasschaf*
Rotbuch 307 · 136 Seiten · DM 16

György Dalos · *Kurzer Lehrgang – Langer Marsch*
Eine Dokumontage · Rotbuch 302 · 192 Seiten · DM 18

Anna Jonas · *Das Frettchen*
Eine Biographie · Rotbuch 309 · 128 Seiten · DM 14

Karin Reschke · *Dieser Tage über Nacht*
Erzählung · Rotbuch 294 · 112 Seiten · DM 13

Kurt Bartsch · *Weihnacht ist und Wotan reitet*
Märchenhafte Gedichte · Rotbuch 311 · 88 Seiten · DM 12

Karl Marias · *Lynx, lynx*
Prosa · Rotbuch 299 · 96 Seiten · DM 13

Über unser vollständiges Programm informiert
Sie alljährlich unser Almanach »Das kleine Rotbuch«
Rotbuch Verlag Potsdamer Str. 98 1000 Berlin 30

14.-

Müller: 9-86

Der Mensch ist ein großer Fasan auf d. Erde

Mit nimmermüder Ausdauer versucht Müller Windisch in einem rumänischen Dorf für sich und seine Familie einen Paß zu erhalten, um auswandern zu können. Sein Blick auf seit jeher Vertrautes wird zu einem des Abschiednehmens und allmählichen Fremdwerdens. Doch der Weg zu den ersehnten Dokumenten ist beschwerlich und kann nur durch Bestechung mit Geld und Naturalien erkauft werden und dadurch, daß Windischs Tochter dem örtlichen Milizmann und auch dem Pfarrer zu Willen ist. - In Kurz- und Kürzestkapiteln entwirft die Autorin ein eindringliches, Vergangenheit und Gegenwart umfassendes Bild des Dorfes.